KB075851

침묵

THE SILENCE

by Don DeLillo

송은주 옮김

침묵

THE
SILENCE

돈 드릴로

DON
DELILLO

창비

바버라 베넷에게

3차대전에서 어떤 무기로 싸우게 될지는 모르겠다.
하지만 4차대전에서는 몽둥이와 돌을 들고 싸우게 될 것이다.
─ 알베르트 아인슈타인

차례

일러두기

1. 이 책은 Don DeLillo, *The Silence*(Scribner 2020)를 번역 저본으로 삼았다.
2. 본문 중의 각주는 옮긴이의 것이다.
3. 본문 중의 고딕체는 원서에서 이탤릭체로 강조한 부분이다.
4. 외국어는 되도록 현지 발음에 가깝게 표기하되, 우리말 표기가 굳어진
   것은 관용을 따랐다.

제1부

1

단어, 문장, 숫자, 목적지까지의 거리.

남자가 버튼을 누르자 바로 세워져 있던 좌석이 뒤로
젖혀졌다. 그는 머리 위 수하물 보관함 밑에 달린 작은 스
크린들 중 제일 가까이 있는 것에서 비행하며 계속 바뀌
는 단어와 숫자 들을 올려다보았다. 고도, 기온, 속도, 도
착 시각. 잠을 자고 싶었지만 계속 쳐다보았다.

외르 아 빠리. 외르 아 런던.*

* Heure à Paris. Heure à London. 프랑스어로 '빠리 시각. 런던 시각'
  이라는 뜻.

"봐." 그의 말에 여자는 보일락 말락 고개를 끄덕였지만 계속해서 작은 파란색 공책에 뭔가를 쓰고 있었다.

그는 단어와 숫자 들을 큰 소리로 읽어나갔다. 바뀌는 정보들을 그저 바라만 보다가 마음속과 비행기에서 동시에 웅웅 울리는 소음 속으로 바로 놓쳐버린다면 아무 의미도, 효과도 없을 테니까.

"좋아. 고도 3만 3002피트. 아주 정확해. 땅뻬라뛰르 엑스떼리외르* 영하 58도."

그는 읽다 말고 그녀가 섭씨라고 덧붙이기를 기다렸지만, 그녀는 쓰다 말고 자기 앞의 테이블 위에 놓은 공책을 들여다보며 잠시 생각에 빠져 있었다.

"좋아. 뉴욕은 지금 12시 55분이야. 오전인지 오후인지는 안 나와. 그것까지는 몰라도 되지 뭐."

중요한 것은 잠이었다. 그는 잠을 자야 했다. 그러나 단어와 숫자 들이 계속 떴다.

"도착 시각 16시 32분. 속도 시속 471마일. 목적지까지

* température extérieur. 프랑스어로 '바깥 온도'라는 뜻.

세시간 삼십사분."

그녀가 입을 열었다. "난 다시 메인 코스를 생각하는 중이야. 크랜베리주스랑 샴페인도."

"하지만 그건 주문 안했잖아."

"허세 부리는 것 같아서 그랬지. 하지만 비행 후반에 스콘이 나올 테니까 괜찮아."

그녀는 말하면서 동시에 썼다.

"그 단어를 제대로 발음했으면 좋겠어. 줄인 o. 스콧^{scot}이나 트롯^{trot}의 o처럼 말이야. 아니면 몬^{moan}의 o랑 같은 건가?"

그는 그녀가 글을 쓰는 모습을 지켜보았다. 자기가 하는 말을 쓰는 걸까, 둘이 하는 말을 다 쓰는 걸까?

그녀가 말했다. "쎌시우스.* 대문자 C. 사람 이름이었지. 성밖에 기억이 안 나네."

"좋아. 비떼스**는 어때. 비떼스가 무슨 뜻이더라?"

---

* Celsius. '섭씨'를 의미하며 이를 처음 제안한 스웨덴 천문학자의 이름이기도 하다.
** vitesse. 프랑스어로 '속도'라는 뜻.

"쎌시우스가 섭씨 측정에서 남긴 업적에 대해 생각 중이야."

"파렌하이트*도 있지."

"그것도 사람 이름이야."

"비떼스가 무슨 뜻일까?"

"뭐?"

"비떼스."

"비떼스. 속도." 그녀가 말했다.

"비떼스. 시속 748킬로미터."

그의 이름은 짐 크립스였다. 그러나 이 비행 중에는 그의 좌석 번호가 그의 이름이었다. 그의 항공권에 찍힌 숫자가 이름이 되는 그만의 뿌리 깊은 관행이었다.

"스웨덴인이었어." 그녀가 말했다.

"누가?"

"쎌시우스 씨."

"휴대폰으로 찾아봤구나?"

---

* Fahrenheit. '화씨'를 의미하며 이를 처음 제안한 독일 물리학자의 이름이기도 하다.

"아닌 줄 알면서."

"그런 것들이 깊은 기억 속에서 헤엄쳐 나올 때가 있지. 그리고 당신이 그 남자의 이름을 떠올리면, 그다음에는 내가 압박을 느끼기 시작할 거야."

"무슨 압박?"

"파렌하이트 씨의 이름을 기억해내야 한다는 압박."

그녀가 말했다. "보던 스크린이나 계속 봐."

"이번 비행 말이야. 어느 장거리 비행이든지 다 그래. 비행 내내. 지겨워서 죽을 것 같아."

"태블릿을 켜. 영화라도 봐."

"난 얘기를 하고 싶어. 헤드폰도 없어. 우리 둘 다 얘기 하고 싶잖아."

그녀가 말했다. "이어폰도 없지. 쓰면서 얘기해야겠네."

그녀는 짐의 아내, 테사 베런스였다. 카리브해 지역, 유럽, 아시아 혈통이 뒤섞여 피부가 가무잡잡했다. 문예지에 종종 작품을 싣는 시인이었다. 또한 온라인에서 자문단과 함께 난청에서 신체의 균형, 치매에 이르기까지 다양한 주제들에 관한 구독자들의 질문에 답변해주는 기자로 활동하기도 했다.

　여기, 상공에서 부부가 서로에게 하는 이야기 중 상당 부분은 어떤 자동화된 프로세스의 기능이거나 항공 여행 자체의 본질에서 생겨난 말인 것 같았다. 거실이나 식당에서 사람들이 나누는 산만한 대화는 전혀 그렇지 않다. 그런 곳에서 큰 움직임은 중력으로 잠잠해지고 대화는 자유로이 허공을 떠돈다. 대양이나 드넓은 땅덩어리 위에서 보낸 모든 시간, 자기 안에 갇힌 토막난 문장, 승객, 조종사, 승무원, 모든 단어 들은 비행기가 활주로에 착륙하여 비어 있는 이동식 탑승교를 향해 끝없는 이동을 시작하는 순간 잊힌다.

　그만이 홀로 한밤중에 침대에서 그중 일부를 기억할 것이다. 항공사 담요를 둘둘 감고 죽은 듯이 잠든 사람들, 와인을 더 따라줄지 묻는 키 큰 승무원, 비행의 끝, 꺼지는 안전벨트 표시등, 해방의 느낌, 통로에 선 승객들, 기다림, 탑승구의 승무원들, 그들의 감사 인사와 끄덕이는 고개, 100만 마일짜리 미소.

　"영화 찾아봐. 영화를 보라니까."

"너무 졸려. 목적지까지의 거리 1601마일. 런던 시각 18시 4분. 속도 시속 465마일. 보이는 대로 읽고 있는 거야. 뒤레 뒤 볼* 세시간 사십오분."

그녀가 물었다. "경기는 몇시야?"

"6시 30분부터 시작이야."

"시간 맞춰 집에 도착할까?"

"내가 스크린에서 읽어주지 않았어? 도착 시각이랑 이 것저것 말이야."

"우리가 내리는 곳은 뉴어크야. 잊지 말라고."

경기. 다른 삶에서나 그녀가 관심을 가졌을 것이다. 비행. 그녀는 이 중간 에피소드가 없어도 되는 곳에 있고 싶었다. 장거리 비행을 좋아할 사람이 누가 있을까? 그녀는 분명 아니었다.

그가 말했다. "외르 아 빠리 19시 8분. 외르 아 런던 18시 8분. 속도 시속 463마일. 시간당 2마일을 잃어버렸네."

"좋아. 뭘 쓰고 있는지 말해줄게. 간단해. 우리가 본 것

* durée du vol. 프랑스어로 '비행시간'이라는 뜻.

들이야."

"어떤 언어로?"

"초급 영어. 소가 달을 팔짝 뛰어넘었습니다."

"팸플릿이며 소책자며, 전부 다 있는데."

"난 내 손으로 쓴 것을 봐야 해. 지금부터 한 이십년쯤 후에, 그때도 여전히 살아 있다면 놓친 것을 찾아낼 거야. 지금 당장은 보지 못한 것. 십년, 이십년 후에도 우리가 멀쩡히 살아 있다면."

"시간 때우기지. 그것도 있어."

"시간 때우기. 지루하기. 인생을 살기."

그가 말했다. "좋아. 땅뻬라뛰르 엑스떼리외르 화씨 영하 57도. 내 프랑스어는 초급 수준이지만 최선을 다해 발음하고 있어. 목적지까지의 거리 1578마일. 픽업 서비스에 연락할걸."

"택시 타면 되지 뭐."

"이렇게 사람들이 많은데. 이런 장거리 비행이고. 다들 차가 기다리고 있을 텐데. 출구가 엄청나게 붐빌 거야. 다들 어디로 가야 할지 정확히 알고 있다고."

"이 사람들은 짐을 부쳤어. 대부분의 사람들, 어떤 사람들. 우리는 부치지 않았지. 우리가 유리해."

"런던 시각 18시 11분. 도착 시각 16시 32분. 그게 마지막 도착 시각이었어. 다행인 것 같아. 빠리 시각은 19시 11분. 고도 3만 3003피트. 뒤레 뒤 볼 세시간 십육분."

단어와 숫자 들을 말하고, 이야기하고, 상세히 열거하면 이 수치들이 잠시나마 살아서 공식적으로, 혹은 자발적으로 주목받게 되는 것 같았다 ─ 장소와 시간의 음성 스캔이라고 그는 생각했다.

그녀가 말했다. "눈을 감아봐."

"알았어. 속도 시속 476마일. 목적지까지의 시간."

그녀가 옳았다, 우린 짐을 부치지 말자, 짐칸에 욱여넣을 수 있을 거야. 그는 스크린을 들여다보며 동시에 경기 생각을 하느라 타이탄스*가 어디와 경기를 하는지 잠시 잊어버렸다.

도착 시각 16시 30분. 땅뻬라뛰르 엑스떼리외르 섭씨

---

* Titans. 북미 프로 미식축구 리그(NFL)의 테네시 타이탄스.

영하 47도. 빠리 시각 20시 13분. 고도 3만 4002피트. 그는 2피트가 마음에 들었다. 분명 주목할 가치가 있었다. 바깥 온도 화씨 영하 53도. 디스땅스 드 빠르꾸르.*

물론, 씨호크스**이다.

크립스는 키 큰 남자의 이름이었다. 그렇다, 그는 키가 컸다. 하지만 딱히 언급할 만한 정도는 아니어서 별 특징이 없기를 바라는 그의 마음을 만족시키기는 어렵지 않았다. 그는 사람들 위로 자랑스럽게 고개를 쑥 내밀기보다는 익명의 축복 속으로 몸을 웅크렸다.

그는 탑승 수속을 밟고, 마침내 모든 승객이 좌석에 앉고, 곧 식사가 나오고, 손을 닦을 따듯한 물수건, 칫솔, 치약, 양말, 생수, 담요와 베개가 제공되었던 것을 새삼 떠올렸다.

이런 것들 앞에서 그가 조금은 수치심을 느꼈을까? 그들은 이번 한번만큼은 장거리 비행 동안 여행객이 가득한 비좁은 공간에서 고생하고 싶지 않았기에 비싸지만 비즈

* distance de parcours. 프랑스어로 '여행 거리'라는 뜻.
** Seahawks. NFL의 시애틀 씨호크스.

니스석을 타기로 했었다.

안대, 보습제, 가끔가다 한번씩 통로를 따라 승무원이 밀고 가는, 와인과 다른 주류가 채워진 카트.

그는 허공에 매달린 스크린을 들여다보았다. 그는 은근히 사치를 즐기면서도 이를 잘 자각하지는 못했다. 그는 스스로를 엄밀히 여행객이라고 생각했다. 비행기, 기차, 식당. 절대로 옷을 잘 차려입을 마음이 없었다. 사기꾼 같은 제2의 자아나 할 짓 같았다. 자신의 단정한 모습에 스스로 감명받는 거울 속의 남자.

"언제 비가 왔더라?" 그녀가 물었다.

"당신은 기억의 책에 비 온 날을 기록해놓잖아. 비 오는 날, 영원히 잊지 않도록. 휴가란 아주 멋지게 살아야 하는 날이야. 당신이 나한테 그렇게 말했잖아. 생생한 순간과 시간 들, 제일 좋았던 것을 마음속에 간직해야 한다고. 긴 산책, 근사한 식사, 와인 바, 밤 외출."

그는 다 뻔한 얘기라는 것을 알고 있었으므로 자신이 하는 말에 귀 기울이지 않았다.

"뤽상부르 공원, 씨떼섬, 노트르담, 많이 상했지만 생명

력이 있었어. 뽕삐두 센터. 아직도 입장권 갖고 있어."

"비 온 날을 알아야 해. 지금부터 한참 지나서도 공책을 보고 정확히, 자세히 다 알 수 있어야 한다고."

"그건 당신도 어쩔 수 없는 일이야."

그녀가 말했다. "할 수 없네. 집에 가서 텅 빈 벽이나 쳐다보고 있으면 좋겠어."

"목적지까지 남은 시간 한시간 이십육분. 내가 기억 못하는 게 뭔지 말해볼게. 이 항공사 이름이야. 이주 전 출발할 때는 다른 항공사였는데, 두개 언어가 나오는 스크린은 없었어."

"하지만 당신은 그 스크린에 만족하잖아. 자기 스크린을 마음에 들어해."

"덕분에 소음을 잊을 수 있거든."

장거리 비행에서는 계속 이어지는 단 하나의 배경음인 엔진 소리에 우리 모두 푹 잠긴다. 생각하는 것, 말하는 것, 모든 것이 이미 결정되어 있다. 그 소리를 받아들여야만 한다는 것, 참을 수 없다 해도 참을 만한 것으로 견뎌야만 한다는 것을 어떻게 받아들일지도.

마사지를 원하는 승객에게 맞춘 좌석.

그녀가 말했다. "기억 이야기라면. 지금 기억났어."

"뭐가?"

"불쑥 떠올랐어. 안데르스."

"안데르스라."

"쎌시우스 씨의 이름이야."

"안데르스." 그가 되풀이했다.

"안데르스 쎌시우스."

그녀는 만족스러웠다. 불쑥 떠올랐다는 게. 그런 일은 매우 드물어졌기 때문이다. 디지털 기기의 도움 없이 잊고 있던 사실이 떠오르면, 사람들은 어딘가 먼 곳, 알았던 것과 잊어버린 것이 있는 피안의 세계로 시선을 돌리며 상대방에게 그 사실을 알려준다.

"이 비행기에 탄 아이들 좀 봐. 버릇을 잘 들였어." 그가 말했다.

"이코노미석이 아닌 줄 자기들도 아는 거지. 책임감을 느끼는 거야."

그녀는 고개를 숙이고 말하는 동시에 썼다.

"좋아. 고도 1만 364피트. 뉴욕 시각 15시 2분."

"뉴어크까지 가지만 않는다면."

"경기를 하나도 안 놓치고 다 봐야 하는 건 아니잖아."

"난 괜찮아."

"나도 괜찮아." 그가 말했다.

"당신은 아니면서."

그는 삼십분쯤, 아니면 승무원이 착륙하기 전에 간식을 들고 나타날 때까지 좀 자두기로 했다. 차와 단것. 비행기가 좌우로 흔들리기 시작했다. 그는 자기라면 이 정도는 무시할 테지만 테사라면 몸을 움츠리며 이렇게 투덜대리라 예상했다. 여태 탈 없이 잘만 오더니. 안전벨트 등에 빨간불이 들어왔다. 그는 안전벨트를 매고 스크린을 쳐다보았고, 그녀는 공책을 거의 다 덮을 정도로 몸을 더 깊게 수그렸다. 흔들림은 더 심해졌다. 그는 스크린의 고도, 기온, 속도를 계속해서 읽었지만 소리내어 말하지는 않았다. 소음이 그들을 집어삼키고 있었다. 한 여자가 화장실에서 나와 앞줄로 돌아가기 위해 좌석 등받이를 붙잡고 균형을 잡으면서 통로를 비틀거리며 걸어갔다. 기내방송으로 조

종사 중 한명이 프랑스어로 말하는 소리가 나오더니, 뒤
이어 승무원 중 한명이 영어로 말했다. 그는 스크린을 다
시 소리내어 읽을까 생각했지만 정신적으로나 육체적으
로나 힘겨운 상황에서 생각 없는 짓을 계속하는 꼴이 될
것 같았다. 그녀는 이제 그를 보고 있었다. 글을 쓰지 않
고 보기만 했다. 그의 머릿속에 좌석을 똑바로 세워야 한
다는 생각이 퍼뜩 떠올랐다. 그녀는 벌써 좌석을 세웠고
테이블도 제자리에 접어놓고 공책과 펜은 좌석 등받이 주
머니에 넣었다. 그들 아래 어디선가 쾅쾅 두드리는 소리
가 요란하게 울렸다. 스크린이 꺼졌다. 조종사가 프랑스어
로 말했지만 아무도 영어로 되풀이하지 않았다. 짐은 좌
석 팔걸이를 움켜잡았다가 테사의 안전벨트를 확인하고
자기 것도 다시 조였다. 그는 승객들 모두가 짐에서 채널
4의 6시 뉴스를 똑바로 바라보며 자기들의 추락한 여객기
소식을 기다리는 모습을 상상했다.

"우리 겁먹었나?" 그녀가 물었다.

그는 이 질문이 허공을 맴돌게 내버려두고 차와 단것,
차와 단것만 생각했다.

2

충동이 논리를 지배하게 하라.

이것이 도박사의 신조이며 믿음의 공식적인 진술이었다.

그들은 초대형 텔레비전 앞에 앉아 기다리고 있었다.
다이앤 루커스와 맥스 스테너. 남자는 스포츠 경기에 큰
돈을 걸었던 전력이 있다. 이번 경기는 풋볼 시즌 마지막
경기였다. 미식축구, 두 팀, 팀당 열한명의 선수, 100야드
길이의 직사각형 필드, 골라인과 양 끝의 골대, 유명인사
가 부르는 국가, 경기장 위를 긴 줄무늬를 그리며 날아가
는 여섯대의 미 공군 곡예비행팀.

맥스는 앉아 있는 데 익숙했다. 표면에, 안락의자에 딱 붙어서, 앉아서 시청하다가 필드 골이 실패하거나 공을 놓치면 소리 죽여 욕설을 내뱉었다. 그의 가늘게 뜬 눈, 거의 감다시피 한 오른쪽 눈빛이 험악해지는 정도였지만 경기 진행 상황과 판돈의 크기에 따라 대놓고 입에 담지 못할 소리를 하거나, 신세 한탄을 하거나, 입술을 꽉 다물거나, 턱을 가볍게 떨거나, 코 주위의 주름을 늘이기도 했다. 이번처럼 바짝 긴장할 때는 한마디 말도 없이 오른손을 왼쪽 팔뚝으로 가져가 유인원이 하듯 살 속 깊이 손가락을 박고 박박 긁어댔다.

오늘 2022년 제56회 슈퍼볼*이 열리는 날, 다이앤은 맥스로부터 1.5미터 정도 거리를 두고 흔들의자에 앉아 있었다. 그들 사이 뒤쪽으로는 그녀가 예전에 가르쳤던 제자인 삼십대 초반의 청년 마틴이 주방 의자에 앉아 몸을 약간 앞으로 수그리고 있었다.

광고, 스테이션 브레이크,** 경기 시작 전의 수다.

* NFL의 챔피언 결정전.
** 프로그램 사이에 방송국 이름을 알리는 짧은 시간.

맥스가 어깨 너머로 말했다. "항상 저기에는 돈이 있어, 포인트 스프레드,* 내기 그 자체라고. 하지만 나는 의식적으로 분리해서 보지. 필드에서 무슨 일이 벌어지건 내기 자체가 아니라 마음속에는 포인트 스프레드만 품고 있는 거야."

다이앤이 말했다. "큰돈이지. 하지만 실제 금액은 자기만 알고 있어. 신성한 영역이라니까. 난 저이가 먼저 죽기만 기다리고 있어. 그러면 죽기 직전에 비로소 우리가 동반자인지 뭔지 하여튼 그런 관계로 산 세월 동안 자기가 날린 돈이 얼마인지 말해주겠지."

"다이앤한테 몇년인지 물어봐."

젊은 남자는 아무 말도 하지 않았다.

다이앤이 대답했다. "삼십칠년이야. 불행하다고는 할 수 없지만 끔찍하게 지겨운 매일의 반복이었어. 둘이 너무 붙어 살다보면 서로의 이름도 잊어버리는 날이 올 거야."

광고들이 연달아 나오고 다이앤은 맥스를 쳐다보았다.

* 스포츠 도박에서 강한 상대가 약한 상대를 이기는 데 필요하리라 예상하는 점수.

맥주, 위스키, 땅콩, 비누, 탄산음료. 그녀는 젊은이 쪽으로 고개를 돌렸다.

그녀가 말했다. "맥스는 눈을 떼질 않는다니까. 뭔가 살 마음은 없는 소비자가 되는 거지. 앞으로 서너시간 동안 광고가 백개는 나올 거야."

"난 광고도 다 봐."

"맥스는 웃지도 울지도 않는다니까. 그저 볼 뿐이지."

부부 옆에는 늦게 오는 사람들을 위해 의자 두개가 더 준비되어 있었다.

마틴은 항상 단정하게 옷을 차려입고 면도도 깨끗이 하고 제시간에 나타났다. 그는 브롱크스에 혼자 살면서 고등학교에서 물리학을 가르치고 눈에 띄지 않게 거리를 걸어다녔다. 영재들을 위한 차터 스쿨*이었다. 그는 경이로움이 가득한 과목 속으로 그들을 인도하는 약간은 별난 안내자였다.

맥스가 말했다. "하프타임 때 뭘 좀 먹을지도 몰라. 하

---

* 교사, 부모, 지역단체 등이 공적 자금을 받아 설립한 학교.

지만 계속 보기는 할 거야."

"듣기도 하겠지."

"보면서 듣는 거야."

"소리를 작게 해놓고."

"지금처럼 말이야." 맥스가 말했다.

"대화도 할 수 있고."

"대화도 하고, 듣기도 하고, 먹고, 술 마시고, 그러면서 보는 거지."

지난 일년 동안 다이앤은 그 젊은이에게 현실로 돌아오라고 계속 타일러왔다. 그는 잠깐씩만 그곳에 머무는 사람처럼 거의 의자에 앉는 법이 없었다. 원래부터 틀에 박힌 상투적 인물이면서도 다른 이들과는 달랐고, 예측 가능하거나 피상적인 인물이라기보다는 『아인슈타인의 특수상대성이론 1912년 원고』 연구에만 정신이 팔려 있는 사람이었다.

그는 곧잘 가벼운 무아지경 상태로 빠지곤 했다. 이건 병이거나 건강상의 문제일까?

TV 화면에서는 아나운서와 전직 코치가 두 쿼터백*에

대해 토론하고 있었다. 맥스는 프로 풋볼을 끊임없이 뒤섞이는 여러명 단위가 아니라 더 다루기 쉬운 선수 둘로 축소해버린다고 불평하고 싶었다.

광고 하나가 끝나면 첫 킥오프가 시작될 참이었다. 맥스는 일어나서 발을 굳게 디디고 상체를 이쪽저쪽으로 최대한 돌리고는 십초쯤 똑바로 앞을 쳐다보았다. 그가 자리에 앉자 다이앤은 마치 TV에서 행사를 계획대로 계속 진행해도 좋다고 허락하듯이 고개를 끄덕였다.

카메라가 관중을 훑었다.

다이앤이 말했다. "저기 있다고 상상해봐. 경기장 저기 위쪽 자리에 앉아 있다고 말이야. 저 경기장 이름이 뭐더라? 무슨 기업 아니면 제품 이름에서 따오지 않았어?"

그녀는 경기장 이름을 생각하는 동안 잠깐 멈추어보라는 뜻으로 한 팔을 들어올렸다.

"벤지드렉스 네이절 디컨제스턴트** 메모리얼 칼러

---

* 센터 후방에 위치하여 공격 대형을 결정하고 지휘하는 핵심 선수.
** Benzedrex Nasal Decongestant. 코 막힘 증상을 개선하는 약물로, 벤지드렉스는 상표명이다.

시엄."

맥스는 양손이 닿지 않게 박수치는 시늉을 했다. 그는
다른 사람들은 어디쯤 오고 있는지, 비행기가 연착된 것
인지, 교통체증이 문제인지, 그들이 하프타임에 먹고 마실
무언가를 가져올지 물었다.

"먹을 건 많아."

"모자랄지도 몰라. 사람이 다섯이라고. 하프타임은 길
어. 노래 부르고, 춤도 추고, 섹스도 ─ 또 뭐가 있더라?"

양 팀이 빠르게 각자 자리로 걸어갔다. 킥오프팀, 리시
빙팀.

마틴이 입을 열었다. "제가 TV로 완전히 푹 빠져서 본
경기는 월드컵이었어요. 전세계적인 경쟁이죠. 공을 발로
차고, 머리로 받아요. 공에 손은 대면 안돼요. 고대부터 이
어진 전통이죠. 온 나라들이 열광해요. 모두가 공유하는
종교예요. 자기 팀이 지면 선수들이 경기장에 쓰러져요."

"이긴 선수들도 경기장에 쓰러져." 다이앤이 말했다.

"나라마다 사람들이 거대한 공공광장에 모여서 월드컵
에 환호하고 울기도 하죠."

"거리에 쓰러지고."

맥스가 말했다. "한번 잠깐 본 적 있어. 망할 가짜 부상이라니. 게다가 무슨 놈의 스포츠가 손을 쓰면 안된단 말이야? 골키퍼가 아니면 공에 손도 댈 수 없다니. 정상적인 충동을 스스로 억누르는 것 같잖아. 공이 여기 있다 쳐. 냅다 들고 뛰는 거야. 그게 정상이지. 공을 잡고 던져야지."

마틴이 거의 속삭이듯 낮은 목소리로 다시 말했다. "월드컵은 보기 시작하면 끊을 수가 없었어요."

그때 뭔가가 일어났다. TV 화면의 이미지들이 흔들리기 시작했다. 평범한 시각적 왜곡이 아니라 깊이가 있었다. 추상적인 패턴을 이루더니, 기본적인 단위들이 연이어 앞으로 불쑥 튀어나왔다가 뒤로 물러가는 듯한 리드미컬한 파동으로 흩어졌다. 직사각형, 삼각형, 정사각형 들.

그들은 눈과 귀를 집중했다. 그러나 아무 소리도 들려오지 않았다. 맥스가 리모컨을 자기 앞의 바닥에서 집어 들고 볼륨 버튼을 마구 눌러댔지만 소리는 전혀 나오지 않았다.

이내 화면이 텅 비었다. 맥스는 전원 버튼을 눌렀다. 켰

다, 껐다, 켰다. 그와 다이앤은 휴대폰을 확인했다. 꺼져
있었다. 다이앤은 거실을 가로질러 집 전화기로 갔다. 이
제는 감상적인 유물이 된 일반 전화기였다. 발신음이 들
리지 않았다. 노트북컴퓨터도 작동하지 않았다. 그녀는 옆
방의 컴퓨터로 가서 이것저것 건드려보았지만 모니터는
여전히 회색이었다.

다이앤은 맥스에게로 돌아와 그의 뒤에 서서 그의 어깨
에 양손을 얹었다. 그가 주먹을 불끈 움켜쥐고 욕설을 퍼
붓기를 기다렸다.

그가 차분히 말했다. "내가 건 돈은 어떻게 되는 거지?"

그는 대답을 구하듯 마틴을 보았다.

"적지 않은 액수인데. 내 판돈은 어디로 간 걸까?"

마틴이 대답했다. "알고리즘 통제일 수도 있어요. 중국
인들요. 중국인들이 슈퍼볼을 시청해요. 미식축구를 한다
니까요. 베이징 바베리언스.* 이건 100퍼센트 진짜예요. 우
리를 갖고 논다고요. 중국인들이 선별적으로 인터넷 대재

* Barbarians. '야만인들'이라는 뜻으로 베이징에서 실제로 활동하는
풋볼 클럽 이름이다.

앙을 일으킨 거예요. 자기들은 보고, 우리는 못 보는 거죠."

맥스는 다이앤에게로 시선을 옮겼다. 그녀는 다시 앉아서 마틴을 보고 있었다. 그는 심각한 문제를 놓고 재치 있는 농담을 던지는 사람이 아니었다. 아니면 이번 일이야말로 그가 유일하게 재미를 느낀 문제인 걸까?

바로 그때 텅 빈 화면에서 대화가 확 쏟아져나왔다. 그들은 무슨 말인지 알아들으려 귀를 기울였다. 영어, 러시아어, 표준중국어, 광둥어? 대화가 멎자 더 나오기를 기다렸다. 그들은 쳐다보고, 귀를 기울이고, 기다렸다.

다이앤이 말했다. "지구의 말이 아니야. 외계의 것이야."

농담인지 진심으로 한 말인지 스스로도 알 수가 없었다. 그녀는 십분인가 십이분쯤 전, 아니 언제인지 몰라도 하여튼 군용 제트기들이 경기장 위를 날아갔던 사실을 지적했다.

맥스가 대꾸했다. "그건 해마다 하는 거야. 우리 비행기들이 공중분열식을 선보이는 거라고."

그는 마지막 말을 되풀이하고 그 말의 설득력을 확인해달라는 듯 마틴을 보았다.

맥스가 다시 말했다. "시대에 뒤처진 의식이지. 풋볼을 전쟁에 비유하던 것은 이미 오래전 이야기야. 로마숫자로 표기한 세계대전, 로마숫자로 표기한 슈퍼볼. 전쟁은 어딘가 다른 곳에서 일어나는 어떤 다른 일일 뿐이지."

마틴이 말했다. "숨겨진 네트워크들이 분 단위, 마이크로초 단위로 우리가 상상도 할 수 없는 식으로 바뀌고 있어요. 저 텅 빈 화면을 보세요. 우리한테서 무엇을 숨기고 있을까요?"

다이앤이 말했다. "마틴을 제외하면 중국인들보다 더 똑똑한 사람은 아무도 없지."

맥스는 여전히 젊은이를 쳐다보고 있었다.

"똑똑한 말을 해봐." 그가 말했다.

"마틴은 밤낮으로 아인슈타인을 인용해. 정말 똑똑하지."

"좋아요, 『1912년 원고』의 주석에 이런 게 있어요. '공간과 시간의 아름답고 공허한 개념들.' 딱히 똑똑한 말은 아니지만 자꾸만 되풀이하게 돼요."

"영어로 아니면 독일어로?"

"그때그때 달라요."

"공간과 시간." 다이앤이 말했다.

"공간과 시간. 시공간."

"수업에서 네가 주석들을 인용했지. 너는 주석 속으로 사라져버렸어. 아인슈타인, 하이젠베르크,[*] 괴델.[**] 상대성, 불확정성, 불완전성. 바보 같지만 난 경기가 중계되는 모든 도시의 모든 방을 상상해보고 있어. 우리처럼 뚫어져라 쳐다보거나 앉아 있다가 과학, 기술, 상식에 버림받고 혼란에 빠진 사람들을."

그녀는 지금 상황에 더 어울릴 것 같다는 생각에 충동적으로 마틴의 휴대폰을 빌렸다. 그녀는 맥스를 바라보았다. 딸들에게 전화를 걸고 싶었다. 하나는 결혼해서 두 아이와 보스턴에 살고 있었고, 다른 하나는 유럽 어딘가에서 휴가를 보내고 있었다. 그녀는 버튼을 눌렀다가, 휴대폰을 흔들었다가, 물끄러미 쳐다보았다가, 엄지손가락으

---

[*] Werner Karl Heisenberg(1901~76). 불확정성 원리를 정립하여 양자역학의 기초를 세운 독일의 물리학자.

[**] Kurt Gödel(1906~78). 불완전성 정리를 발표한 독일의 수학자이자 논리학자.

로 꾹꾹 눌렀다.

아무 반응도 없었다.

마틴이 말을 꺼냈다. "칠레 어딘가."

그녀는 말이 더 나오기를 기다렸다.

그가 이어서 말했다. "이론가들이 중력파며 초대칭성 등에 관해 무엇을 발견하건, 예측하건, 상상하건, 저는 아인슈타인만 믿어요. 아인슈타인과 우주의 블랙홀을요. 그가 말했고 우리는 보았어요. 우리 태양보다 수십억배는 더 거대해요. 그는 벌써 백년 전에 그런 말을 했다고요. 그의 우주는 우리의 우주가 되었어요. 블랙홀. 사상의 지평선. 원자시계. 보이지 않는 것을 보기. 북중부 칠레. 제가 이 말을 했었나요?"

"전부 다 했어."

"대형 시놉틱 관측망원경."*

"칠레 어딘가. 이 말도 했어."

맥스가 하품하는 척했다.

---

* The Large Synoptic Survey Telescope. 칠레에 건설 중인 세계 최고 해상도의 천체망원경.

"현실로 돌아가자고. 지금 우리 상황은 이 건물의 통신이 엉망진창이 되었다는 거야. 어쩌면 이 지역만 그렇고 다른 데, 다른 사람들은 다 멀쩡할지도 모르지."

"그럼 어떡하지?"

"이 건물 주민들하고 얘기를 해봐야지. 소위 우리 이웃들 말이야." 맥스가 말했다.

맥스는 다이앤을 보더니 일어나서 어깨를 으쓱하고 문으로 나갔다.

둘은 잠시 조용히 앉아 있었다. 다이앤은 마틴과 말없이 앉아 있자니 무엇을 하면 좋을지 몰랐다.

"먹을 것을 가져올까."

"하프타임에 먹죠. 하프타임이 온다면 말이지만."

그녀가 말했다. "아인슈타인, 그 원고 말이야."

"예, 그가 줄을 그어 지운 단어와 구절 들요. 그가 생각하는 것을 볼 수 있어요."

"그밖에 또?"

"육필 문서의 본질이죠. 숫자, 문자, 표현 들."

"어떤 표현 말이야?"

"'장▼이 가하는 힘.' '에너지 관성의 정리.'"

"그밖에 또?"

"'세계점.' '세계선.'"

"그밖에 또?"

"'벨트풍크트.' '벨트리니에.'"*

"그밖에 또?"

"책이 거의 끝나가는 부분에서 아주 조금이지만 복사한 페이지들이 더 진해지는 거."

"그밖에 또?"

"책갑, 양장, 가로 25센티 세로 38센티 판형. 큰 책을 들어올려서, 책장을 넘기며, 훑어봐요."

"그밖에 또?"

"그건 아인슈타인이에요. 그의 필적, 그의 공식, 그의 문자와 숫자 들이에요. 책장들이 가진 순전히 물리적인 아름다움이죠."

이런 대화는 어떤 면에서는 관능적이었다. 즉시 그의

* Weltpunkt, Weltlinie. 각각 독일어로 세계점, 세계선. 상대성이론에서 사차원 시공간상의 한 점과 그것이 만드는 곡선을 가리킨다.

대답이 돌아왔고, 그의 목소리에서는 정말로 중요한 것을 간직한 사람의 열의가 묻어났다.

그녀는 텅 빈 화면을 계속 똑바로 쳐다보고 있었다.

"또? 그밖에 또?"

"네 단어."

"그건 뭔데?"

"속도에 대한 추가 정리."

"다시 말해봐."

그가 다시 말했다. 그녀는 한번 더 듣고 싶었지만 이제 그만둬야 한다고 생각했다. 관계가 뒤바뀐 선생과 제자.

마틴 데커. 그의 이름 전부, 혹은 대부분. 그녀는 눈을 감고 그 이름을 마음속으로 속삭였다. 그녀가 말했다. 마틴 데커, 넌 영원히 혼자 살 거니? 텅 빈 화면은 가능성 있는 대답 같았다.

그녀는 고개를 돌려 그를 보았다.

"그래서 그이는 어디 있을까? 다른 사람들은 어디 있을까?"

"다른 사람들이라니 누구요?"

"빈 의자 두개 말이야. 오랜 친구들이랄까. 남편이랑 아내야. 아마 빠리에서 돌아오는 중일 거야. 아니면 로마든가."

"칠레 북중부일 수도 있죠."

"칠레 북중부."

밖에서 돌아온 맥스가 곧장 거실을 가로질러 창문으로 가서 텅 빈 일요일 거리를 내려다보았다. 그들은 그가 두드린 문과 건너뛴 문 들에 대해 이야기했다. 패널을 댄 구조물로서 흠집이 나고, 얼룩이 지고, 최근에 다시 칠한 문들이 설명할 가치가 있다는 듯이 주요 화제가 되었다. 같은 층, 가까운 이웃들은 웬 참견이냐고 했다. 그는 한층 아래로 내려가 다섯개 문을 두드리고 세개의 답을 얻었다고 말했다. 손을 들어 세 손가락을 쫙 펴고. 그 아래층에서는 네개의 대답을 들었고, 두명이 경기 얘기를 했다.

"뜸 그만 들이고 말해봐." 그녀가 말했다.

"다른 사람들도 우리가 보고 들은 거랑 똑같이 보고 들었어. 복도에 서서 처음으로 이웃이 되었지. 남자들, 여자들, 고개를 끄덕이면서 말이야."

"당신 소개는 했어?"

"우리는 고개를 끄덕였다니까."

"좋아. 중요한 질문이야. 엘리베이터는 작동해?"

"계단으로 내려갔어."

"좋아. 그럼 무슨 일인지 누구 아는 사람 있었어?"

"기술적인 문제래. 중국인 탓을 하는 사람은 아무도 없던데. 시스템 장애래. 태양흑점 탓이라는 말도 있고. 이건 진지한 대답이었어. 파이프 담배를 피우던 남자였는데. 아니, 그 사람한테 이 건물에서는 금연이라는 말은 안했어."

"자기도 피우는데 할 말 없지. 가끔 씨가를 피우거든." 그녀가 마틴에게 말했다.

"태양흑점이래. 강한 자기장. 난 그 남자를 뚫어져라 쳐다봤어."

"또 사형이라도 시킬 듯이 째려봤군."

"그 남자 말이 전문가들이 해결할 거래."

맥스는 창가에 서서 마지막 말을 속삭이듯 되풀이했다.

다이앤은 마틴이 말하기를 기다렸다. 자신이 그의 입에서 무슨 말이 나오기를 원하는지 알고 있었다. 그러나 그는 그 말을 하지 않았다. 그래서 그녀는 질문식으로 그 말을 농담처럼 던져보았다.

"세계 문명의 몰락을 가리키는 가벼운 포옹인가?"

그녀는 억지로 짧게 웃음을 토해내고 누가 무슨 말이든 하기를 기다렸다.

3

삶이 너무나 흥미진진해질 수 있기에 우리는 두려움도 잊는다.

밴을 타고 조용한 거리를 달리면서 짐은 테사가 자기 쪽으로 시선을 돌려 눈을 맞출 수 있기를 기다렸다.

그 차에는 다른 사람들도 끼어 타고 있었다. 승무원 두 명 중 한명은 프랑스어로 혼잣말을 하고, 다른 한명은 휴대폰에 대고 뭐라 말하다가 휴대폰을 흔들며 욕을 했다. 다른 사람들은 신음소리를 흘렸다. 그러나 또다른 사람들은 조용히 무슨 일이 있었는지, 자기들이 누구인지를 되살려내려 애쓰고 있었다.

그들은 하늘에서 뚝 떨어진 금속, 유리, 인간의 생명으로 이루어진 흔들거리는 덩어리였다.

누군가가 말했다. "우리는 추락했어요. 공중에 떠 있었다니 믿을 수가 없네."

다른 누군가가 말했다. "떠 있었던 건 모르겠어요. 처음에는 그랬을지도 모르죠. 하지만 세게 부딪쳤어요."

"활주로에서 벗어났던 걸까요?"

한 여자가 말했다. "불시착이었어요. 화염이 일었고. 비행기가 미끄러지는데 창밖을 보았죠. 날개에 불이 붙었더라고요."

짐 크립스는 자신이 보았던 것을 기억해내려 했다. 두려웠던 기억을 다시 떠올리려 했다.

이마에 찢어진 상처가 있었다. 이제 피는 나지 않았다. 테사는 그 상처에서 눈을 떼지 못했다. 만져보고 싶을 지경이었다. 그렇게 하면 기억해내는 데 도움이 되리라 생각했을지도 모른다. 만지고, 껴안고, 쉬지 않고 말하고. 그들의 휴대폰은 꺼진 상태였지만 놀랄 일은 아니었다. 승객들 중 한명은 팔을 삐었고 이가 빠졌다. 다른 부상자들도 있었다. 운전사는 그들에게 병원으로 가고 있다고 말해주었다.

테사 베런스. 그녀는 자기 이름을 알았다. 여권과 돈, 코트도 가지고 있었지만 가방이나 공책은 없었다. 세관을 통과한 감각도 공포의 기억도 사라졌다. 상황을 더 또렷하게 마음속에 떠올려보려고 애쓰고 있었다. 짐이 곁에 있었고 그가 있으면 든든했다. 그는 보험사에서 손해사정사로 일했다.

어째서 이런 것이 이렇게 안심이 될까?

춥고 어두컴컴했지만 거리에 조깅하는 사람이 있었다. 반바지와 티셔츠 차림의 여자가 자전거도로에서 일정한 속도로 달리고 있었다. 다른 사람들도 곳곳에서, 서두르며, 멀리서 지나쳐갔다. 적은 수였고, 서로 눈 한번 마주치지 않았다.

짐이 말했다. "이제 비만 오면 딱 영화 속 인물들인데 말이지."

좀 흐트러진 제복 차림의 승무원들은 말이 없었다. 밴에 탄 다른 사람들이 그들을 향해 두어가지 질문을 던졌다. 승무원들은 들릴락 말락 대꾸하고는 입을 다물었다.

"우리가 아직 살아 있다고 스스로에게 계속 말해주는 거 잊지 말아야 해." 테사가 다른 사람들한테까지 들리도록 큰 소리로 말했다.

프랑스어를 쓰는 남자가 운전사에게 질문을 하기 시작했다. 테사는 짐을 위해 통역해주었다.

운전사가 속도를 늦추어 달리는 여자와 보조를 맞추었다. 그는 어떤 언어로 질문해도 아무 대답도 하지 않았다. 한 노인이 화장실에 가야겠다고 말했다. 그래도 운전사는 달리는 사람과 나란히 속도를 맞추기로 굳게 결심한 듯 속력을 내지 않았다.

여자는 앞을 똑바로 쳐다보고 계속 달릴 뿐이었다.

4

경외심에 찬 대낮의 관광객 무리들에 의해 잊혔던 성인과 천사들이 어떻게 한밤중이 되면 텅 빈 교회를 맴도는가.

맥스는 다시 의자에 앉아 이 상황에 욕설을 퍼부었다. 그는 텅 빈 TV 화면에서 눈을 떼지 않았다. 연신 맙소사, 제기랄, 망할 따위의 말을 뇌까렸다.

다이앤은 이제 두 남자를 다 볼 수 있도록 비스듬히 앉았다. 그녀는 맥스에게 지금이 하프타임 간식을 준비하면 딱 좋을 때라고 말했다. 조금만 있으면 행사가 다시 시작되고 정상적으로 경기가 진행될 수도 있지 않겠는가, 그러고는 자신이 한 말이지만 자기도 믿지 않는다고 덧붙였다.

맥스가 주방이 아니라 술을 보관하는 장으로 가서 미국산 오크 통에 십년 숙성시킨 위도우 제인이라는 버번을 한잔 따랐다.

평소 같으면 그는 이 사실을 거실에 있는 모두에게 알려주었을 것이다. 미국산 오크 통에 십년 숙성시킨 술이지. 그는 목소리에 살짝 비꼬는 투를 실어 이런 말을 하기를 즐겼다.

이번에는 아무 말도 하지 않았고 마틴에게 한잔 따라주겠다고 하지도 않았다. 그의 아내는 와인을 마시지만 저녁식사 때만 마셨지 풋볼 경기를 보면서 마시지는 않았다.

그는 여러차례 더 예수* 이름을 웅얼거리면서 한 손에 잔을 들고 앉아 화면을 바라보며 기다렸다.

다이앤은 마틴을 보았다. 그렇게 하고 싶었다. 그를 연구하는 척했다. 그를 책의 한장의 제목인 '젊은 마틴'으로 생각했다.

그녀가 조용히 말했다. "나사렛 예수."

* Jesus. '빌어먹을' '제기랄' 등의 뜻으로 쓰이는 속어.

마틴이 그녀가 상상한 대로 반응해줄까?

"빛나는 이름이지요." 그가 말했다.

"다들 그렇게 말하지. 너도 그렇게 말하고 나도 그렇게 말하고. 아인슈타인은 뭐라고 했니?"

"아인슈타인은 이렇게 말했어요. '나는 유대인이지만 나사렛 예수 그리스도의 빛나는 형상에 매혹됩니다.'"

맥스는 텅 빈 화면을 뚫어져라 보고 있었다. 그는 계속 보면서 술을 마셨다. 다이앤은 마틴에게 시선을 고정하려 했다. 나사렛 예수라는 이름이 가져온 형언할 수 없는 특별한 분위기가 그를 그 이름의 아우라 속으로 끌어다놓았다는 것을 그녀는 알았다. 그는 특정 종교에 속해 있지 않았고 초자연적 힘을 가졌다고들 하는 그 어떤 존재에 대해서도 경외감을 느끼지 않았다.

그를 사로잡은 것은 이름이었다. 그 이름의 아름다움. 이름과 장소.

맥스가 몸을 앞으로 기울였다. 의지의 힘으로 이미지를 끌어내어 화면에 띄우려는 것 같았다.

다이앤이 말했다. "로마, 맥스, 로마야. 당신도 기억하지. 교회랑 궁전의 벽과 천장의 예수. 나보다 더 잘 기억할 텐데. 관광객들이 방에서 방으로 천천히 옮겨다니던 특별한 궁전 말이야. 거대한 그림들이 있었고. 벽과 천장. 특별한 한 장소 말이야."

그녀는 마틴을 보았다. 그는 꼭 안아주고 싶은 어린애 같은 조그만 남자가 아니었다. 그녀는 그가 길고 맥없는 몸에만 매여 있기 싫어 탈출하려는 정신 같다고 생각했다. 퍼덕거리는 손은 팔에 거의 붙어 있지도 않은 것 같았다. 그에게 쿠션조차 없는 주방 의자에 앉으라 한 것이 미안해졌다.

"가이드 투어에 슬쩍 끼려고 했지만 맥스가 못하게 했지. 그이는 가이드를 싫어하거든. 긴 전시실의 그림, 가구, 조각상 들. 아치형 천장에는 근사한 벽화가 그려져 있었어. 정말 도저히 믿을 수 없을 정도로 어마어마했지."

그녀는 이제 텅 빈 허공을 들여다보고 있었다.

맥스에게 물었다. "어느 궁전이었더라? 당신은 기억하지. 난 기억이 안 나."

맥스가 가볍게 고개를 끄덕이며 술을 한모금 들이켰다.

어느 전시실에서 헤드셋을 낀 여행객들이 삶조차 잠깐 멈춘 듯이 꼼짝도 않고 서서 천장에 그려진 인물들, 천사, 성인, 늘 입는 의복 차림의 예수를 올려다보았다.

그녀는 고개를 뒤로 젖히고 잠깐 동안 가이드가 된 듯 열정적으로 말했다.

"몇년 전이었지? 맥스."

그는 고개만 끄덕였다.

마틴이 말했다. "예수의 의복이라. 그 단어 속에 박힌 주름진 옷을 생각해보려고 해요."

"다른 사람들은 손에 든 오디오 가이드를 귀에 꼭 대고 있었어. 수많은 언어로 말하는 목소리들이 들렸지. 아직도 자러 가기 전에 그 생각을 하곤 해. 긴 전시실에 있는 고요한 사람들."

"천장을 쳐다보는." 마틴이 거들었다.

"맥스. 정확히 언제였더라? 한해가 어떻게 가는지 모르겠어. 매 순간 늙어가고 있다니까."

맥스가 외쳤다. "이 팀은 그림자 속에서 걸어나와 기회를 노릴 준비가 되었습니다."

그는 텅 빈 화면을 찬찬히 뜯어보고 있는 듯했다.

젊은이가 여자, 아내, 옛 교수, 친구를 쳐다보았다. 어디에서도, 어느 것도, 쳐다볼 만한 것을 찾지 못하고 있는.

맥스가 외쳤다. "이 맹렬히 몰아치는 구간에서 지금까지 공격팀은 쉴 새 없이 맹공을 퍼부었습니다."

그녀는 끼어들까, 무슨 말이라도, 아무 말이라도 해볼까 망설이다가 결국 그저 누군가, 아무나와 당황스러운 표정을 주고받아야 할 것 같아서 마틴 쪽으로 시선을 돌렸다.

맥스가 외쳤다. "쌕*을 피해, 치워 ── 인터셉트!"

버번을 한모금 더 들이켜야 할 때였다. 그는 말을 멈추고 술을 마셨다. 다이앤은 그가 쓰는 언어가 그의 무의식 속에 깊이 박힌 방송에서, 서로 부딪치는 남자들, 잔디밭에 서로를 패대기치는 남자들과 같은 경기의 본질이 덕지덕지 붙은 수십년 묵은 화법에서 나온 것이라 확신이 넘친다고 생각했다.

* sack. 수비수가 패스를 하기 전의 상대 쿼터백을 스크리미지 라인 뒤에서 태클하는 것.

"공을 들고 달린다, 달린다, 관중들 구호, 스타디움 들썩."

반토막난 문장, 최소한의 단어들, 반복. 다이앤은 그것을 제의적인, 단선율로 된 평성가平聖歌 같은 것으로 생각하고 싶었지만 가식적인 헛소리에 지나지 않는다고 스스로에게 일렀다.

맥스가 목구멍 깊은 곳에서부터 관중의 함성을 끌어올렸다.

"디-펜스. 디-펜스. 디-펜스."

그는 일어나 기지개를 켰다가 앉아서 술을 마셨다.

"77번, 아무개 선수, 당황한 모양이군요, 그렇죠? 상대 선수 얼굴에 침을 뱉어서 페널티를 받습니다."

그가 말을 이었다. "두 팀은 어느정도 대등한 기량을 갖추고 있습니다. 미드필드에서 펀트*를 하는군요. 손에 땀을 쥐게 하네요."

다이앤은 마음이 움직이기 시작했다.

그가 말했다. "공격팀 코치입니다. 머피, 머리, 멈프리가 새로운 작전을 전달합니다."

* 공을 양손으로 쥐고 있다가 떨어뜨려서 땅에 닿기 전에 차는 것.

그는 어조를 바꾸어가며 계속해서 말했다. 이번에는 차분하고 신중한 설득조이다.

"원하는 대로 전송하세요. 진정시키고 보습해주세요. 똑같은 저렴한 가격에 양은 두배로. 심장과 정신 질환의 위험을 줄여드립니다."

그러더니 노래를 부른다. "그래, 그래, 그래, 무슨 일이 있어도 **축복 축복 축복을**."

다이앤은 크게 놀랐다. 그가 이런 투로, 이렇게 풋볼 용어와 광고 문구를 쏟아내는 것이 버번 때문인가. 전에는 한번도 없던 일이었다. 버번, 스카치위스키, 맥주, 마리화나를 해도 그런 일은 없었다. 하지만 그녀는 이 상황을 즐기고 있었다. 적어도 그렇다고 생각했다. 그가 이 짓을 너무 오래 계속하지만 않는다면.

혹은 저 텅 빈 화면, 부정적인 충동이 그의 상상력을 자극하여 우리 것이 아니라 마틴의 시간 틀에 속한 어떤 초이성적 워프*를 통해, 우리의 현재 인식이 미치는 빈약한

---

* SF에서 시공간을 왜곡하여 먼 거리를 단시간에 이동하는 기술.

범위 바깥 심疣우주 어딘가에서 경기가 벌어지고 있다는 느낌을 준 것일까?

맥스가 쉿소리를 질러댔다. "가끔은 내가 인간, 남자, 여자, 아이였으면 좋겠어. 그러면 이렇게 맛 좋은 자두주스를 맛볼 수 있을 텐데."

그가 이어서 말했다. "영구적인 사후 융자. 당신만의 독점 계약을 온라인으로 시작해보세요."

그러더니 또. "플레이를 재개합니다, 2쿼터, 손, 발, 무릎, 머리, 가슴, 가랑이가 서로 부딪칩니다. 제56회 슈퍼볼. 우리의 데스 위시*가 함께합니다."

다이앤은 마틴에게 우리끼리 대화를 해도 상관없다고 속삭였다. 맥스는 그만의 경기에 푹 빠져서 옆에서 뭐라 하건 귀에 들어오지 않았다.

젊은이가 조용히 대답했다. "저는 약물 치료를 받아왔어요."

"그렇군."

* Death Wish. 미국 커피 회사 이름.

"먹는 약으로요."

"그래. 우리 모두 그렇게 하지. 작은 흰색 알약."

"부작용이 있어요."

"작은 알갱이나 정제겠지. 흰색이나 분홍색."

"변비가 올 수 있어요. 설사가 날 수도 있고."

"그렇구나." 그녀가 속삭였다.

"다른 사람들이 내 생각을 엿듣거나 내 행동을 통제할 수 있다는 느낌이 들 때가 있어요."

"그런 쪽으로는 나도 잘 모르겠는데."

"비이성적인 공포죠. 다른 사람들에 대한 불신. 선생님께 약 설명서를 보여드릴 수 있어요. 늘 가지고 다니거든요."

맥스는 이번에는 손가락이 아니라 손마디로 다시 팔뚝을 벅벅 긁었다.

그가 말했다. "미드필드 근방에서 필드 골을 시도합니다―페이크, 페이크, 페이크!"

TV 화면. 다이앤은 화면이 여전히 안 나오는지 확인하느라 연신 고개를 이쪽저쪽으로 기울여보았다. 왜 그렇게 해야 안심이 되는지 자신도 이유를 알 수 없었다.

맥스가 말했다. "필드로 내려가보겠습니다. 에스터, 상황을 좀 알려주실까요."

그가 이제 손에 가상의 마이크를 들고 고개를 들었다. 그는 필드를 위에서 비추는 카메라에 대고 더 높은 톤의 목소리를 내며 말했다.

"여기 사이드라인에서, 이 팀은 부상이 빈발하는 중인데도 자신감을 내뿜고 있습니다."

"부상이 빈발한다고요."

"맞습니다, 레스터. 코디네이터와 얘기를 나눠봤습니다. 수비수, 공격수 가리지 않고요. 코디네이터는 아주 만족하고 있습니다."

"감사합니다, 에스터. 자, 경기로 돌아갑시다."

문득 다이앤은 마틴이 말하고 있지만 그 대상이 꼭 자신은 아닐지도 모른다는 생각이 들었다.

그가 말했다. "거울을 보면 제가 바라보는 게 누구인지 모르겠어요. 저를 쳐다보는 얼굴이 제 것 같지가 않아요. 하지만 다시 생각해보면 왜 그게 제 얼굴이어야 할까요? 거울 표면이 진짜로 상을 반사하는 걸까요? 그리고 그게 남들 눈에 보이는 얼굴일까요? 아니면 제가 만들어낸 것일까요? 제가 먹는 약 때문에 그 두번째 자아가 풀려난 걸까요? 저는 흥미롭게 그 얼굴을 바라봐요. 흥미로우면서도 조금은 당혹스러워요. 남들도 이런 경험을 할까요? 우리 얼굴 말이에요. 또 사람들이 거리를 걸으며 서로를 쳐다볼 때면 무엇을 보는 걸까요? 제가 보는 것과 같은 것일까요? 우리의 모든 삶, 이 모든 봄. 보는 사람들. 하지만 무엇을 보는 걸까요?"

맥스가 입을 다물었다. 그는 마틴을 보고 있었다. 그들 둘은 남편과 아내였다. 젊은이는 조심스럽게, 신중하게 이른바 중경中景을 쳐다보면서 여전히 말하고 있었다.

"탈출구 하나는 영화예요. 학생들에게 그렇게 말해요. 학생들은 앉아서 듣죠. 외국어로 된 흑백영화예요. 낯선 언어로 된 영화들. 사어死語, 어파語派, 방언, 인공언어. 자막은 읽으면 안돼. 학생들에게 단도직입적으로 말해요. 스크린 아래쪽에 번역되어 나오는 대사를 읽지 말라고요. 우리가 원하는 것은 순수한 영화, 순수한 언어예요. 인도-이란어. 중국-티베트어. 이야기하는 사람들. 그들은 걷고, 말하고, 먹고, 마셔요. 흑백의 적나라한 힘. 이미지, 광학적으로 형성된 복제품. 제 학생들은 앉아서 들어요. 영리한 남녀 아이들이에요. 하지만 결코 저를 보지는 않는 것 같아요."

다이앤이 대답했다. "학생들은 듣고 있지. 중요한 건 그거야."

맥스는 주방에서 접시에 음식을 덜고 있었다. 그녀는 혼자 산책하러 나가고 싶었다. 아니면 맥스가 산책하러 나가고 마틴은 집에 갔으면 싶었다. 다른 사람들은 어디 있는 걸까. 테사와 짐과 다른 모든 사람들, 여행자, 방랑자, 순례자, 주택과 아파트와 시골의 임시 막사에 있는 사람들. 승용차와 트럭, 차량 소음은 어디 있을까? 슈퍼 선데이. 모두 경기를 보려고 집 아니면 어둑한 바나 사교 클럽에 있을까? 무수히 많은 텅 빈 화면들을 생각해보라. 먹통이 된 전화기들을 상상해보라.

자기 휴대폰 안에서 살아가던 사람들에게 무슨 일이 일어난 걸까?

맥스가 다시 버번을 들이켰다. 다이앤은 젊은이가 이제 평소 습관적으로 구부정하니 앉아 있던 자세를 버리고 일어나서 고개를 뒤로 젖힌 채 위를 똑바로 올려다보고 있는 것을 알아챘다.

그녀는 잠시 생각했다.

이윽고 입을 열었다. "그림이 그려진 천장들. 로마. 위를 올려다보던 관광객들."

"꼼짝도 않고 가만히 서서."

"성인과 천사 들. 나사렛 예수."

"빛나는 형상. 나사렛 예수 그리스도. 아인슈타인." 그가 말했다.

5

일상생활의 핵심에서 정지한 시스템들.

병원 지상층에는 복도와 방이 어지러이 뻗어 있었다. 짐과 테사는 문과 비상구 유도등, 깜박이는 빨간 불빛, 손으로 써 붙인 공지 들을 지나쳐 걸어갔다. 직원들이 외출복 위에 펄럭이는 흰 가운을 걸치고 황급히 지나갔다.

밴에 타고 있던 다른 사람들은 방으로 들어가거나 줄을 서거나 선 채로 두런두런 이야기를 나누었다. 몇몇은 어딘지 모를 목적지를 향해 가는 차 안에 그대로 남아 있었다.

좁은 사무실의 등받이 없는 의자에 한 여자가 웅크리고

앉아 있었다.

테사가 말했다. "관리자야. 직원이네."

그들은 그 여자를 보려고 기다리는 사람들의 긴 줄에 가서 섰다. 복도의 불빛이 계속 어두워졌다.

잠시 후 짐이 말했다. "우리 왜 여기 서 있는 거야?"

"당신 다쳤잖아."

"다쳤지. 머리를. 잊고 있었네."

"잊어버렸지. 어디 좀 봐." 테사가 말했다. "깊이 베였어. 엉망이야. 불시착하면서 안전벨트가 풀려서 심하게 튀어 올랐을 때 당신이 피 흘리는 게 보였어."

"머리를 창문에 부딪쳤어."

"좀 참고 줄 서서 기다렸다가 저 의자에 앉은 직원이 뭐라고 하는지 보자."

"하지만 그보다 먼저."

"하지만 그보다 먼저." 그녀가 되풀이했다.

그들은 줄을 떠나 결국 빈 화장실을 찾아냈다. 그 비좁은 공간에서 짐은 테사를 벽에 기대어 세웠다. 테사는 코트를 젖히고 그의 벨트를 풀고 바지와 속옷을 끌어내렸다. 그에게 머리가 아픈지 묻자 그는 대답 대신 그녀의 옷을 천천히, 조심스럽게 벗겼다. 그들은 웃음을 애써 참으며 무엇을, 어떻게, 어디에서, 언제 할지에 대해서 이야기하고, 제안하고, 조언했다. 그녀의 몸이 천천히 벽을 따라 아래로 내려오고 그는 거리와 리듬을 유지하기 위해 무릎을 구부렸다.

누가 문을 두드리더니 문에 대고 말했다. 남 생각도 좀 해요. 외국인 억양의 또다른 목소리였다. 행위를 마치고 거울 옆의 함에서 뽑은 휴지로 서로의 몸을 대강 닦아주면서 테사는 국적들의 목록을 속삭였다.

그들은 옷을 다 입고 한참 동안 서로를 바라보았다. 그날 하루와, 그들이 살아남았다는 사실과, 그들 관계의 깊이가 요약된 모습이었다. 지금 상황, 바깥 세계가 어떤지에 따라 그에 맞는 또다른 모습이 요구될 터였다.

그러고 나서 그들은 문을 열고 복도로 나왔다. 이제 줄은 훨씬 짧아져서 그들은 자리를 잡고 기다리기로 했다.

"방법이 그것뿐이라면 여기에서 그들의 아파트까지 걸어가도 될 것 같은데."

"그들은 우리 친구야. 우리를 먹여줄 거야."

"우리 이야기를 들어줄 거야."

"자기들이 알고 있는 사실을 우리에게 말해줄 거야."

"슈퍼볼. 어디에서 하고 있지?"

"햇빛과 그림자가 있는, 어딘가 따듯한 곳이겠지. 함성을 지르는 수만명 앞." 그가 말했다.

사무실의 여자가 그들을 올려다보았다. 또다른 얼굴과 몸 들, 하루 종일 서서 말하고, 듣고, 어디로 갈지, 누구를 볼지, 어느 복도, 어느 문인지에 대한 지시를 기다리는 사람들을. 그녀는 그들이 누구이고 무엇을 원하는지 이미 안다는 듯이 고개를 끄덕였다.

그녀는 마치 의자에 풀로 붙여놓은 것 같았다.

테사가 말했다. "저희 비행기가 불시착을 했어요. 이이는 부상을 입었고요."

짐이 쉬는 시간에 다친 남학생이 된 기분으로 여자 위로 몸을 기울여 상처를 가리켰다.

여자가 말했다. "저는 실제 사람 몸하고는 아무 관계도 없어요. 보지도 않고, 만지지도 않아요. 진료실로 보내드

릴게요. 전문 인력이 치료해드리든가 다른 데, 다른 분한
테로 보내드릴 거예요. 제가 오늘 본 사람들은 다 사연이
있어요. 두분은 비행기 사고죠. 다른 사람들은 지하철이
서고 엘리베이터가 멈추고 사무실 건물이 텅 비고 상점에
바리케이드가 쳐졌고요. 저는 그들에게 우리는 다친 사람
들을 위해 여기 있는 거라고 말해주죠. 현재 상황에 관해
조언해주기 위해 여기 있는 게 아니라고요. 현재 상황이
어떠냐고요?"

　여자는 자기 맞은편 벽에 붙은 패널 장비의 텅 빈 스크
린을 가리켰다. 중년의 여자는 롱부츠에 튼튼한 청바지,
두툼한 스웨터를 입었고 세 손가락에 반지를 꼈다.

　"여러분에게 말씀드릴 수 있는 건 이것뿐이에요. 어찌
된 일인지 몰라도 우리 기술이 완전히 제 기능을 잃었다
는 것. 기술이라는 단어 자체가 저한테는 이미 시효가 지
나 우주 속으로 사라진 것 같네요. 우리의 안전한 장비, 암
호화 능력, 트윗, 악플러와 봇 들이 그토록 위세를 떨치더
니 다 어디로 갔는지. 데이터 공간의 모든 것이 왜곡되고
도난당한 걸까요? 그리고 우리는 그저 여기 앉아 우리 운

명을 슬퍼하는 수밖에 없을까요?"

짐은 여전히 몸을 숙여 자기 상처를 보여주고 있었다.
여자가 몸을 앞으로 기울이고 고개를 꼬아 그를 올려다보
았다.

여자가 말했다. "왜 제가 당신들한테 이런 말을 하고 있
을까요? 당신들이 비행기 추락 비슷한 사고를 당했고, 어
떤 상황인지 알고 싶어하기 때문이죠. 그리고 저는 여건
이 될 때는 여전히 수다스러운 꼬마거든요."

테사가 말했다. "저희는 들으려고 여기 있는 거예요."

머리 위의 전등이 깜박이면서 불빛이 어두워지더니 아
예 꺼져버렸다. 병원 전체에 순간 침묵이 퍼졌다. 모두가
기다렸다. 또한 기다림 속에 공포가 도사리고 있는 느낌
이었다. 이것이 무엇을 의미할지, 얼마나 극단적일지, 이
미 격한 사건들이 휘몰아친 와중에 이런 탈선이 언제까지
계속될지 아직 확실치 않기에.

여자가 먼저 입을 열어 낮은 목소리로 그들에게 자기가
태어나서 자란 곳, 부모님과 조부모님, 형제자매, 다닌 학
교, 병원 들의 이름을 말해주었다. 그녀의 목소리는 친밀

하고 차분하면서도 히스테리가 살짝 섞여 있었다.

그들은 기다렸다.

여자가 다시 자신의 첫번째 결혼, 첫번째 휴대폰, 이혼, 여행, 프랑스인 남자친구, 거리의 폭동에 대해 말했다.

그들은 좀더 기다렸다.

"이메일도 안돼요." 여자가 몸을 뒤로 젖히고 양손을 들었다. "거의 생각할 수도 없는 일이죠. 어떡하면 좋을까요? 누구 탓을 해야 하죠?"

거의 보이지 않을 정도의 몸짓.

"이메일 없이 산다니. 상상해보세요. 말해보라고요. 어떻게 들리나 들어봐요. 이메일 없이."

그녀는 한 음절마다 머리를 끄덕이며 발음했다. 손전등을 든 사람이 문가에 서서 한번 그리고 또다시 한 사람씩 비추어보고는 한마디 말도 없이 떠났다.

짧은 정적이 흐르고 다시 여자가 어둠속에서 이제 더 열을 올려 소곤거렸다.

"진보할수록 취약성은 커져요. 우리의 감시 시스템, 얼굴 인식 장비들, 영상 해상도. 우리가 누구인지 어떻게 알죠? 여기가 점점 추워지고 있다는 건 알아요. 떠나야만 한다면 어떻게 될까요? 조명도 없고 난방도 없어요. '트러스트 앤드 뷰티'라는 식당 위에 있는, 내가 사는 집으로 돌아가야 할 텐데, 지하철도 버스도 다니지 않는다면, 택시도 없다면, 건물 엘리베이터가 움직이지 않는다면, 또 만약, 또 만약, 또 만약. 난 내 좁은 사무실을 사랑하지만 여기에서 죽고 싶지는 않아요."

그녀는 잠시 말이 없었다. 다시 희미하게 불이 켜지자 짐은 무표정한 얼굴로 몸을 바로 세웠다. 키 큰 하얀 안드로이드처럼.

여자가 이제 평상시의 목소리로 말했다.

"좋아요, 상처를 봐드릴게요. 바로 말씀드릴 수 있는데 복도를 따라 죽 가서 왼쪽 세번째 방으로 들어가세요."

그녀는 그쪽을 가리킨 다음 모직 장갑을 끼고 다시 권위적으로 가리켰다.

"그런데 거기에서 일을 다 보시면, 그다음에는요?"

테사가 대답했다. "친구들을 만나러 갈 거예요. 원래 계획했던 대로요."

"거기까지는 어떻게 가려고요?"

"걸어가야죠."

"그다음에는요?" 여자가 물었다.

"그다음이라뇨?" 짐이 되물었다.

그들은 테사가 이 근본적인 딜레마에 자신의 목소리로 뭔가 더 말해주기를 기다렸지만 그녀는 어깨만 으쓱할 뿐이었다.

복도를 따라가 들어선 방에서 헐렁한 의사 가운을 입고 야구 모자를 쓴 젊은 남자가 발끝을 곧추세우고 짐의 상처에 약을 발라준 다음 붕대로 잘 싸매주었다. 짐은 악수를 하려다가 마음을 바꾸어 테사와 자리를 떴다.

거리로 나와서 그들은 밴을 타고 있을 때 보았던 조깅하는 여자에 대해 이야기했다. 다시 그녀를 본다면 기운이 났을 것이다. 바람이 세차게 불어서 그들은 고개를 푹 숙이고 발걸음을 재촉했다. 거리에 보이는 사람이라고는 다리를 절며 아마도 가진 것 전부가 들어 있을 낡은 수레를 밀고 가는 남자뿐이었다. 남자는 걸음을 멈추고 그들에게 손을 흔들어준 다음 수레에서 떨어져 몇걸음 성큼

성큼 걸어가더니 몸을 굽히고 그들의 움직임을 흉내냈다. 그들도 손을 흔들어주고 가던 길을 계속 갔다. 큰 교차로에 디지털 주차 단속원이 레버로 된 한쪽 팔을 살짝 들어올린 채 정지해 있었다.

그들로서는 계속 걷는 수밖에 없었다.

6

너무 빨리 구체화되는 미래에 일곱씩 카운트다운하기.

거실에는 군데군데 초 여섯 개가 놓였고 다이앤은 그중 마지막 초에 이제 막 성냥으로 불을 붙인 참이었다.

그녀가 말했다. "말하기 전에 무슨 말을 할지 생각해야 하는 상황인가?"

마틴이 말했다. "반쯤 어둠이에요. 대중의 마음속 어딘가에 있죠. 정지된 느낌, 전에도 이런 경험을 해본 적이 있다는 느낌요. 자연재해 비슷한 것이거나 외국의 침략이랄까. 조부모님이나 증조부모님, 아니면 그보다 더 거슬러 올라간 선대에게서 물려받은 경고성의 감각이죠. 심각한 위협에 휘말린 사람들."

"그게 우리란 말이야?"

그가 말했다. "제가 말이 너무 많은가봐요. 이론과 추측을 쏟아내고 있어요."

젊은이는 창가에 서 있었다. 다이앤은 그가 브롱크스의 집으로 돌아갈 생각일까 궁금했다. 그는 이스트할렘을 통과해 다리들 중 하나까지 계속 죽 걸어가야 할지도 몰랐다. 차와 버스만 지나다닐 수 있는 다리를 행인들도 건너게 허용해줄까? 저 밖에는 뭐든 평소처럼 작동하는 게 있을까?

그 생각에 마음이 누그러지면서 그에게 하룻밤 잠자리를 내주어도 괜찮겠다는 생각이 들었다. 소파, 담요, 그리 복잡할 것도 없다.

전기난로는 꺼졌고 냉장고도 꺼졌다. 벽으로 온기가 사라지고 있었다. 맥스 스테너는 자기 의자에 앉아 텅 빈 TV 화면을 응시하고 있었다. 그가 말할 차례인 듯했다. 그녀는 이를 감지하고 고개를 끄덕이고는 기다렸다.

그가 입을 열었다. "이제 밥 먹지. 그러지 않으면 음식이 딱딱해지든가 물러지든가 미지근해지든가 식든가 하여튼 그렇게 될 거야."

그들은 그 생각을 했다. 그러나 아무도 주방 쪽으로 움직이지 않았다.

그때 마틴이 말했다. "풋볼."

이 긴 오후가 어떻게 시작되었던가를 되새기게 해주는 말. 마틴은 그답지 않게 이상한 몸짓을 했다. 자세를 잡고, 왼팔은 앞으로 쑥 내밀고, 균형을 잡으면서 오른팔은 뒤로 뺐다가 손에 쥔 공을 던지는 선수의 움직임을 느린 동작으로 흉내낸 것이다.

여기 마틴 데커가 있고 거실 맞은편에는 헛것을 본 듯 당황한 다이앤 루커스가 서 있었다.

그는 그 자세에 푹 빠진 듯했으나 결국은 자연스러운 자세로 돌아왔다. 맥스는 다시 텅 빈 화면으로 돌아갔다. 잠시 멈추었던 순간들은 침묵으로 바뀌고 잘못된 종류의 정상처럼 느껴지기 시작했다. 다이앤은 남편이 위스키를 더 따르기를 기다렸으나 그는 적어도 지금은 관심을 보이지 않았다. 단순하고 명쾌하게만 보였던 것들은 다 어디로 갔을까?

마틴이 말했다. "우리는 임시변통의 현실 속에서 살고 있는 걸까요? 제가 이 말을 벌써 했던가요? 아직 형체를 갖추지 않았을 뿐인 미래?"

"발전소가 멈추었어. 그뿐이야." 그녀가 대꾸했다. "그런 관점에서 상황을 따져봐. 허드슨강가의 시설 말이야."

"우리의 존재를 배신하고, 우리 삶의 방식과 사고방식을 배신한 인공지능."

"불은 다시 들어올 거야. 난방도 복구되고. 우리의 집단적인 정신도 하루이틀이면 어느정도는 원래대로 돌아와."

"인공적인 미래. 신경 접속기."

그들은 서로를 보지 않기로 작정한 것 같았다.

마틴은 딱히 누구에게랄 것도 없이 자기 학생들을 화제로 이야기를 꺼냈다. 전세계 각지 출신의, 갖가지 억양을 쓰는, 그의 수업에 특별히 뽑힌 모두 영리한 아이들, 그가 어떤 말을 하든, 어떤 숙제를 내주든, 물리학을 넘어서 관련 연구 분야로 범위를 넓히는 어떤 제안을 하든 받아들일 준비가 되어 있는 아이들. 그는 그들에게 이름들을 읊어주었다. 기적론, 존재론, 종말론, 인식론. 그는 자신을 멈출 수가 없었다. 형이상학, 현상학, 초절주의. 그는 말을 멈추고 생각해본 다음 다시 이어갔다. 목적론, 원인론, 개체발생론, 계통발생론. 그들은 보고, 듣고, 탁한 공기를 킁킁대며 들이마셨다. 바로 그것 때문에 그들이 그 자리에 있는 것이다. 그들 모두, 학생들과 선생.

"그리고 학생들 중 하나가 자기가 꾼 꿈을 들려줬어요. 이미지가 아니라 단어들로 된 꿈이었죠. 두 단어였어요. 그 아이는 그 단어들과 함께 잠에서 깨어 허공을 응시했어요. 우산이 매복한다(Umbrella'd ambuscade). 아포스트로피 d가 붙은 우산. 그리고 매복하다. 두번째 단어는 뜻을 찾아보아야 했어요. 본 적도 없는 단어를 어떻게 꿈꿀 수 있었을까요? 매복하다. 매복. 하지만 진짜 수수께끼 같은 건 아포스트로피 d가 붙은 우산이었어요. 그리고 두 단어가 결합되었죠. 우산이 매복한다."

그는 잠시 뜸을 들였다.

"다 브롱크스에서의 일이에요." 마침내 그가 입을 열자 다이앤은 미소 지었다. "거기에서 저는 남녀 학생들이 그 문제를 놓고 펼치는 토론에 귀를 기울였어요. 학생들, 제 학생들요. 저부터도 그 단어를 어떻게 생각하면 좋을지 몰랐어요. 우산을 가진 열명의 남자인가? 공격을 준비하고 있나? 그러는데 그 꿈을 꾼 학생이 마치 자기가 잘 때 일어났던 일이 제 책임이라는 듯이 저를 쳐다보고 있었어요. 다 제 잘못이라는 듯이. 아포스트로피 d."

문 두드리는 소리가 들렸다. 엘리베이터가 작동하지 않아 8층까지 걸어 올라와야 했던 사람들의 지친 소리였다. 다이앤은 바로 일어섰지만 잠시 멈칫했다가 문손잡이로 손을 뻗었다.

"너희를 기다리던 참이었어."

"겨우 왔어." 짐 크립스가 말했다.

그들은 코트를 벗어 소파 위에 던졌다. 다이앤은 마틴을 가리키며 그를 소개해주었다. 악수와 가벼운 포옹이 오가고 맥스는 일어서서 한쪽 주먹을 쥐어 환영의 표시로 들어올렸다. 그는 짐의 이마에 감긴 붕대를 보고 몇번 주먹을 날리는 시늉을 했다.

모두가 여기저기 자리를 잡고 앉자 새로 온 사람들은
비행과 뒤이어 벌어진 사건들, 미드타운 거리의 광경, 완
전히 텅 비어버린 네모반듯한 거리들에 대해 이야기해주
었다.

"어둠속이야."

"가로등도 없고, 상점들의 조명도 꺼졌고, 고층 빌딩, 마
천루, 어디를 보나 창문에 불이 다 꺼졌더라고."

"어두워."

"반달만 떠 있었어."

"그리고 로마에서 돌아왔구나."

"빠리에서 돌아왔어." 테사가 바로잡아주었다.

다이앤은 그녀가 혼혈 혈통에 아름답고, 그녀의 시는
이해하기 힘들지만 은밀하며 인상적이라고 생각했다.

그들 부부는 어퍼웨스트사이드에 살았다. 그러니까 빛
한점 없는 어둠속에서 센트럴파크를 통과해 시 외곽까지
한참을 더 걸어가야 한다는 얘기다.

잠시 후 불안감이 드리워지면서 대화는 어색해졌다. 짐
은 자기 발 사이를 내려다보며 말했고 다이앤은 양팔을

휘저으며 그들의 얄팍한 이해력 너머 어디선가 벌어지는 사건들을 가리켰다.

그녀가 말했다. "음식. 뭘 좀 먹어야 할 때야. 하지만 우선 비행기에서 어떤 음식이 나왔는지 궁금해. 내 말이 좀 뜬금없지. 하지만 사람들한테 이걸 물어보면 다들 절대 기억을 못하더라고. 일주일 전 일이라도 마지막으로 식당에서 뭘 먹었는지 물어보면 그건 대답을 해주는데 말이야. 아무 문제 없이. 식당 이름, 메인 코스 이름, 와인 종류, 원산지까지. 하지만 비행기에서 먹은 음식은. 퍼스트 클래스건, 비즈니스 클래스건, 이코노미건 다 중요하지 않아. 뭘 먹었는지 절대 기억 못한다니까."

"시금치랑 치즈 넣은 또르뗄리니를 먹었어." 테사가 대답했다.

잠시 아무도 말이 없었다.

이윽고 다이앤이 입을 열었다. "우리 음식을 줄게. 지금 여기에서. 풋볼 음식이야."

마틴이 그녀와 함께 주방으로 갔다. 다른 사람들은 촛불 불빛 속에서 조용히 기다렸다. 곧 테사는 203에서 0까지 여러 언어를 섞어가며 무표정하게 일곱씩 카운트다운을 하기 시작했다. 마침내 맥스가 미리 준비해두었던 음식이 나오자 다섯 사람은 모두 앉아서 먹었다. 주방 의자, 흔들의자, 안락의자, 팔걸이 없는 작은 의자, 접이의자. 식사를 마치고 짐과 테사가 추위를 막으려고 소파에 던져두었던 코트를 집어 다시 입었을 때도 손님들 중 아무도 집에 가겠다는 말을 하지 않았다. 마틴은 눈을 감고 음식을 씹었다.

아무리 가까운 관계라 할지라도 각각의 사람들이 워낙 타고나기를 자기 안에 갇혀 있어서 거실 안의 다른 이들에 의한 최종적인 판단, 고정된 평가로부터 달아나기에, 서로가 서로에게 미스터리인 것이었을까?

맥스는 먹으면서도 TV 화면을 쳐다보았다. 다 먹자 접시를 내려놓고 계속 보았다. 그는 바닥에서 버번 병과 잔을 집어 한잔 따랐다. 병을 내려놓고 양손으로 잔을 잡았다.

그러고는 텅 빈 화면을 뚫어져라 응시했다.

제2부

이제 멀리서 정체 모를 집단인지 정부기관에 의해 발사 암호가 조작되고 있음이 분명해진다. 전세계의 모든 핵무기가 작동 불능이 되었다. 미사일이 바다 위로 솟아오르지도 않고, 폭탄이 초음속 항공기에서 떨어지지도 않고 있다.

그러나 전쟁은 계속되고 용어는 늘어난다.

사이버공격, 디지털 침입, 생물학적 공격. 탄저병, 천연두, 병원균. 사망자들과 장애인들. 기아, 역병, 그리고 또 뭐가 있을까?

전력망 붕괴. 양자ꟿ㓞의 지배 속으로 가라앉는 우리의

개인적 지각들.

해수면이 급속히 상승하고 있나? 공기가 매시간, 매분마다 뜨거워지고 있나?

사람들이 이전의 갈등, 테러리즘의 확산, 누군가가 대사관으로 접근하는 모습을 찍은 흔들리는 동영상, 그의 가슴에 두른 폭탄 조끼의 기억들을 경험하고 있는 것인가? 기도하고 죽으라. 우리가 보고 느낄 수 있는 전쟁.

이런 기억들 속에 티끌만 한 향수라도 있나?

사람들이 거리에 모습을 드러내기 시작한다. 처음에는 조심스럽게 나왔다가 안도한 마음으로 걷고, 보고, 궁금해한다. 이 상상도 할 수 없는 시기의 집단 불면증을 통해 서로의 곁을 지켜주는 여자들과 남자들, 우연히 모인 청소년 무리들.

게다가 어떤 개인들은 셧다운, 번아웃을 이미 받아들인 듯하니 이상하지 않은가? 부지불식간에, 원자보다도 더 미소微小하게 항상 그것을 열망해왔던 것일까? 항상 일부이지만 어떤 사람들은, 태양으로부터 세번째 행성, 필멸의 존재의 영역인 지구 행성의 인간 거주자들 가운데 극소수는.

"이것을 3차대전이라고 부르고 싶어하는 사람은 아무도 없지만, 이게 바로 그거예요." 마틴이 말한다.

보아하니 모든 스크린이 어디에서나 텅 비어버린 모양이다. 우리가 보고, 듣고, 느낄 것이 뭐가 남았을까요? 선택된 소수의 사람들은 제 몸에 전화기를 이식했을까요? 진지한 질문이에요, 젊은이는 말한다. 이건 우리의 시간, 분, 초를 표시하는 전지구적 침묵으로부터 우리를 보호하려는 방법일까요? 이런 일을 벌이는 사람들은 누구일까요? 어떻게 그들은 피하 전화에 접속할까요? 국지적인 경고를 전달하는 두번째 심장박동 같은 신체암호가 있나?

자정이 한참 지났고 그는 아직도 말하고 있고 다이앤은 아직도 듣고 있고 친구들, 짐 크립스와 테사 베런스는 아직도 여기 있고 맥스는 의자에 웅크리고 있다.

암흑 에너지, 상상의 파동, 해킹과 역해킹.

때로는 스스로를 압도하고 독자적으로 결정을 내리는 대중 감시 소프트웨어.

위성 추적 데이터.

우주에 남은 우주의 목표물들.

거실의 모든 사람, 모두 코트를 입었고, 그중 셋은 장갑을 꼈고, 그중 넷은 보이기에는 마틴의 이야기를 듣고 있고, 한 사람은 선 채로 이리저리 손을 휘저으며 말하고 있다.

앞으로 점프한 듯이 보이는 시간. 한밤중에 뭔가 혼란을 더 부추길 일이 일어난 것인가? 그리고 바뀌어가는 마틴의 목소리.

생물무기와 그것을 가진 나라들.

그는 긴 목록을 읊다가 발작적으로 터져나온 기침에 말을 끊는다. 다른 이들은 시선을 돌린다. 그가 손등으로 입을 훔치고 손을 살피고는 이야기를 계속한다.

어떤 나라들. 한때는 과격한 핵무기 지지자들이었으나

이제는 살아 있는 무기의 언어로 말하는.

세균, 유전자, 포자, 가루.

다이앤은 그가 다른 억양을 쓰고 있음을 알아차린다. 자기 자신의 목소리가 아닐 뿐만 아니라 어떤 특정 개인의 목소리를 의도적으로 따라 하고 있다. 이것은 영어로 말하는 알베르트 아인슈타인의 마틴식 버전이다.

그녀는 그가 하는 말이 순전히 허구인지 확신할 수가 없다. 그의 어조, 흉내낸 억양에 뭔가가 있다. 그게 어떤 의미이건, 그가 검열된 뉴스를 어떻게 받아들이건, 세계적인 대사건에 참여하고 있다는 느낌. 그는 사람들이 몸에 전화기를 이식했다고 제 입으로 말했다.

그녀는 그 모든 것이 다 어리석은 소리임을 깨닫는다.

또한 옛 제자의 근본적인 성격을 뜯어보면 이렇게 짐작할 만한 요소가 있다는 것도 알고 있다.

그녀는 다시 이 말 저 말 늘어놓지만 이번에는 혼잣말일 뿐이다.

마틴이 쓰는 억양에 대해서 남들에게는 아무 말 않기로 한다. 그는 이제 손으로 단어들을 어루만지듯 더 부드럽게 말하고 있다.

파동 구조, 계량 텐서, 공변하는 특질.

아인슈타인은 거실로 들여오기에는 너무 복잡할지도 모른다. 그리고 이것들이 마틴의 성서이자 각본인『1912년 원고』에 나오는 용어인지 아니면 단지 허공을 떠도는 소음, 3차대전의 언어인지도 알 수가 없다.

그가 하는 말은 천재의 말 아니면 좀 미친 사람의 말 같다. 아인슈타인이 아니라 마틴의 말이 그렇다. 그는 1927년 브뤼셀의 학회에 참석했던 과학자들, 스물여덟명의 남자와 한명의 여자, 마리 퀴리, 퀴리 부인의 이름을 차례대로 읊는다. 아인슈타인은 마틴의 목소리로 자신을 가리켜 앞쪽-가운데에-앉은-알베르트 아인슈타인이라고 부른다.

그리고 이제 그는 억양이 섞인 영어에서 현재 쓰이는 독일어로 넘어온다. 다이앤은 그가 하는 말을 놓치지 않으려 애쓰지만 그 느낌을 전부 금세 잃어버린다. 풍자나 자기풍자의 기미는 전혀 없다. 이건 마틴이 자기 아파트의 거울 앞에 홀로 서 있을 때 그의 마음속에 있는 전부이다. 그가 거기가 아니라 여기에서 머리를 흔들며 생각나는 대로 소리내어 말하면서 내면으로 빠져들고 있다는 점만 제외하면.

아인슈타인의 부모는 파울리네와 헤르만이었다.

그녀는 이 간단한 문장을 알아듣지만 계속해서 귀를 기울이려고 하지는 않는다. 그를 멈추게 하고 싶어서 그만하라고 말하려는 참이다. 그는 일어나 몸을 꼿꼿이 세우고 자기 자신으로서인지 아인슈타인으로서인지 몰라도 열정적으로 떠들고 있다. 어느 쪽이든 뭐가 중요한가?

맥스가 일어나서 기지개를 켠다. 맥스 스테너. 맥스. 이렇게만 해도 젊은이의 입을 다물게 할 수 있다.

맥스가 말한다. "우리는 좀비가 되어가고 있어. 새대가리가 되어가고 있다고."

그는 현관문 쪽으로 걸어가다가 뒤돌아보고 말한다.

"이제 이런 짓은 다 그만두겠어. 오늘이 일요일인가 월요일인가? 2월인가, 아무러면 어때. 오늘이 내 만기일이야."

그의 말이 무슨 뜻인지 아는 사람은 아무도 없다.

그가 점퍼의 지퍼를 올리고 밖으로 나간다. 다이앤은 그가 계단을 한걸음, 또 한걸음 내려가는 모습을 생각한다. 그녀의 마음은 이제 슬로모션으로 작동하고 있다. 맥스 대신 텔레비전 앞에 앉아 화면에 뭔가가 나타나기를 기다려야 할 것만 같다.

마틴이 잠시 동안 억양이 없는 영어로 다시 말하기 시작한다.

인터넷 군비경쟁, 무선 신호, 대對감시.

그가 말한다. "데이터 침해, 암호화폐."

그는 다이앤을 똑바로 바라보면서 이 마지막 말을 한다.

암호화폐.

그녀는 그 단어를 띄어쓰기 없이 마음속에 떠올려본다.

그들은 이제 서로를 바라보고 있다.

그녀가 말한다. "암호화폐."

그게 무슨 뜻인지 그에게 물어볼 필요는 없다.

그가 말한다. "미쳐 날뛰는 돈. 새로운 발전이 아니에요. 정부 표준도 아니고. 금융의 대혼란이죠."

"그러면 언제 그게 일어난다는 거지?"

"지금요. 벌써 일어났어요. 계속될 거고요."

"암호화폐."

"지금."

"암호," 그녀는 마틴에게 시선을 고정한 채 잠시 멈췄다가 말한다. "화폐."

그 모든 음절 안 어딘가, 뭔가 비밀스럽고, 은밀하고, 내밀한 것.

그때 테사가 입을 연다.

"어떡하지?"

그 말에 분위기가 바뀌고 긴 정적이 이어진다. 다들 무슨 말이 더 나오기를 기다린다.

"이게 다 살아서 숨쉬는 환상 같은 거라면 어떡해?"

"어느정도는 실제로 만들어진 거야." 짐이 말한다.

"우리가 우리 생각과 다른 존재라면 어떡해? 우리가 아는 세상이 우리가 서서 보거나 앉아서 말하는 순간에도 완전히 재배열되고 있는 거라면 어떡하냐고?"

그녀는 한 손을 들고 늘 하는 의미 없는 수다라는 표시로 손가락을 위아래로 파닥거린다.

"우리 젊은이가 말하듯이 시간이 갑자기 앞으로 도약했다거나, 혹은 붕괴한 거라면? 거리의 사람들이 플래시 몹*을 하고, 미쳐 날뛰고, 온 천지에서, 전세계에서 깨부수고 들어가고, 과거를 거부하고, 모든 습관과 패턴에서 완전히 풀려나버린다면?"

아무도 밖을 내다보려 창가로 다가가지는 않는다.

테사가 계속해서 말한다. "그다음에는 어떻게 될까? 그게 항상 우리 인식의 끝에 있었어. 여기저기서 차례대로 전력이 끊어지고, 기술이 사라지는 것. 이 나라뿐 아니라 다른 곳에서도 그런 일이 되풀이되는 것을 보았잖아. 폭풍우, 산불, 피난, 태풍, 토네이도, 가뭄, 짙은 안개, 더러운 공기. 산사태, 쓰나미, 사라지는 강, 무너지는 집, 산산이 부서져 내리는 건물, 오염으로 얼룩진 하늘. 미안해. 닥치려고 노력할게. 하지만 모든 기억 속에 생생하게 남아 있어. 바이러스, 역병, 공항 터미널을 통과하는 행렬, 마스크,

---

* 불특정 다수의 군중이 약속한 시간, 약속한 장소에 모여 약속한 행위를 짧게 한 후 해산하는 것.

도시의 텅 빈 거리."

테사는 말을 멈추자 이내 찾아온 침묵을 알아챈다.

"이 아파트의 텅 빈 TV 화면 하나에서 우리를 둘러싼 상황까지 봐봐. 무슨 일이 일어나고 있는 거지? 누가 이런 짓을 하고 있는 거야? 우리 마음이 디지털로 리마스터되었나? 우리는 실패한 실험인 건가? 우리가 파악할 수 없는 힘에 의해 시작된 계획인 거야? 이런 질문이 나온 게 이번이 처음은 아니지. 과학자들이 다 얘기했고 쓰기도 했어. 물리학자들, 철학자들도."

두번째 침묵이 찾아오자 모두가 마틴 쪽으로 고개를 돌린다.

　그는 궤도상에서 모든 것을 볼 수 있는 위성들에 대해 말한다. 우리가 사는 거리, 우리가 일하는 건물, 우리가 신은 양말까지. 소행성 비. 소행성으로 가득한 하늘. 언제든 일어날 수 있다. 행성에 접근하면서 운석이 되는 소행성들. 날아가버린 태양계 밖의 행성들.

　우리라고 왜 아니겠는가. 지금이라고 왜 아니겠는가.

　마틴이 말한다. "우리 상황을 잘 생각해보는 수밖에 없어요. 저 바깥에 뭐가 있건 우리는 여전히 사람들이에요.

문명을 이루는 인간 조각들.”

　그는 그 말을 길게 끈다. 인간 조각들.

테사가 자아분열을 일으키기 시작한다. 젊은이의 목소리 속으로 스며든다. 혼자만의 생각 속으로 빠져든다. 자신을 본다. 그녀는 이 사람들과 다르다. 전혀 야하지 않게 옷을 벗고 그들에게 자신이 누구인지 보여주는 상상을 한다.

진지해져야 한다. 여기에 있어야 한다. 아니면 근처 어딘가, 침실은 어떤가. 그들은 죽을 고비를 넘겼고, 섹스를 했고, 잠이 필요하다. 그녀는 짐을 쳐다보고 복도 쪽으로 아주 살짝 고갯짓을 한다.

그가 다이앤에게 침실에 대해 묻는다. 긴 비행을 했고 긴 하루였으니 잠깐이라도 눈을 붙이면 좋겠는데.

다이앤은 그들이 복도를 걸어가는 모습을 지켜본다. 경황없는 와중에 기운이 다 빠졌을 테니, 놀라울 것도 없다. 그들이 겪은 일을 생각하면 자고 싶어하는 것도 충분히 이해할 만하다. 그녀는 오늘 아침에 자신이 침대 정리를 했던가, 방 청소는 했던가, 기억을 더듬는다. 맥스는 가끔씩 청소를 한다. 그는 청소하고 나서 꼼꼼하게 점검을 한다.

침실은 하나, 침대도 하나뿐이다. 하지만 짐 크럽스와 성은 뭔지 모르지만 테사에게 내주자. 그들은 동이 트자마자 집으로 돌아갈 테니.

마틴이 다시 말하고 있다.

"드론 전쟁. 원산지는 상관없어요. 드론은 자동화되었 거든요."

그는 거실에 자신과 다이앤만 남았음을 알아차린다.

"이제 우리 머리 위에 드론들이 있어요. 서로 경고를 날 리죠. 고립어 형태인 드론의 무기. 드론들만 아는 언어."

어쩌다 이렇게 되었을까. 다섯명이 두명이 되다니. 남 자는 그대로 서 있고 그들은 서로를 바라본다. 여자는 자 신이 아직도 암호화폐에 사로잡혀 있음을 깨닫는다.

그녀는 그 단어를 말하고 그의 반응을 기다린다.

드디어 그가 답한다. "암호화폐, 미세플라스틱. 어디에
나 있는 위험들. 먹고, 마시고, 투자할 때도. 숨쉬고, 들이
마시고, 산소를 폐 속으로 빨아들일 때도. 걷고, 달리고,
서 있을 때도. 그리고 이제는 고산지대의 황야에서, 극지
의 황무지에서 내리는 가장 순수한 눈 속에도."

"뭐가?"

"플라스틱, 미세플라스틱요. 우리 공기, 우리 물, 우리
음식 속에."

그녀가 듣고 싶었던 것은 뭔가 성욕을 자극하는 말이었
다. 그가 할 말이 더 남았음을 알고 쳐다보며 기다린다.

그가 말한다. "그린란드가 사라지고 있어요."

그녀는 일어서서 그를 마주 보고 선다.

그녀가 말한다. "마틴 데커. 우리가 뭘 원하는지 너도
알지?"

그들은 옆걸음질해 주방으로 갈 수 있고, 그녀가 냉장
고 문의 수직 손잡이 두개에 등을 기대고 서서 지금 분위
기를 타고 쉽게 잊을 만큼 재빨리 해치울 수 있다.

그가 벨트를 풀고 바지를 내린다. 그는 체크무늬 속옷

바람으로 진이 빠진 듯 서 있다. 그의 키가 이렇게 커 보인 적이 없다. 그녀가 독일어로 말해보라고 한다. 그가 상당한 길이의 문장을 빠르게 읊자 이번에는 번역해보라고 한다.

그가 말한다. "자본주의는 생산과 분배의 수단을 개인이나 기업이 소유하는 경제체제로, 자유시장에서 얻은 수익의 축적과 재분배에 비례하여 발전한다."

그녀는 살짝 미소 짓고 고개를 끄덕이며 그를 위해 바지를 올려주고 벨트를 채워준다. 그가 벨트 잠그는 것을 흉내내보니 기분이 좋아진다. 옛 제자와의 섹스가 마음에 추잡스러운 작은 떨림을 남길지 몰라도 몸에는 그 어디에도 남지 않으리라는 것을 그녀는 안다.

그녀는 그가 문밖으로 걸어나가리라 예상하면서도, 지금 상황이 어떻게 돌아가건 그가 집에 가려고 한다는 생각은 하고 싶지 않다. 그는 예상과 달리 제일 가까운 의자로 세발짝을 성큼성큼 걸어가 앉고는, 허공을 바라본다.

침실에서 테사는 집에 갈, 드디어 집에 있을 생각을 한다. 그들이 서로를 보지 않고, 서로를 지나쳐 걸어가고, 상대방이 말할 때 어딘가 가까이에서 소리를 내는 익숙한 형체만을 인식하면서 뭐라고 하고 말하는 곳.

짐은 지금 곁에, 침대 위 그녀 옆에서, 몸을 가볍게 떨며 잠들어 있다.

그녀는 내일, 다음 날, 정신이 완전히 맑아졌을 때, 집의 자기 책상 앞에 앉아 쓰고 싶은 시가 있다. 첫 행이 한동안 그녀의 뇌 속에서 통통 튀어오른다.

추락하는 허공 속에서.

눈을 감고 집중하면 그 행을 볼 수 있다. 검은 배경 위에 놓인 글자들을 보다가 천천히 눈을 뜨고 뭐가 되었건 앞에 있는 것을 본다. 겨우 몇센티 높이의 두드러진 물건들, 문진, 사진, 장난감 택시.

짐이 이제 잠에서 깨어난다. 그는 길게 입이 찢어져라 하품을 한다. 테사가 그가 알아듣지 못하는 언어로 뭐라 말한다. 그는 그것이 그저 가짜로 꾸며낸 죽은 언어, 방언, 개인어(그게 뭐건 간에) 혹은 완전히 다른 그 무언가임을 깨닫는다.

그가 드디어 입을 연다. "집, 거기가 어디지?"

맥스는 혼잡한 거리를 걸어가면서 내키지 않지만 그 젊은이가 한 말을 되새겨본다. 지금 여기에서 보고 있는 것이 마틴 데커의 마음 한면을 삼차원으로 옮겨놓은 것은 아닐까 생각한다.

다른 도시에서도 이렇게 사람들이 어디로도 가지 못하고 난동을 부리고 있을까? 캐나다 도시의 군중이 이곳 군중에 합류하려고 쏟아져 내려온 것일까? 유럽은 존재할 수 없는 하나의 군중일까? 유럽은 몇시일까? 광장들은 무수히 많은 사람들로 넘쳐날까, 아시아와 아프리카 그밖의 어디든 전부 다?

나라들의 이름이 그의 마음속을 계속 스쳐 지나가고 사람들은 그에게, 서로에게 말을 걸려 하고 있다. 그는 보스턴에서 남편과 두 아이와 함께 사는 딸과, 어딘가에서 여행하고 있을 또다른 딸을 생각한다. 잠시 군중 가운데 눌려 폐소공포증이 덮친 낯선 순간에 딸들의 이름을 잊어버린다.

그는 벽에 기대서서 구경한다.

어느정도 평범했던 예전이라면 밤이나 낮이나 아침이나 길 한복판에서도 자기 휴대폰을 들여다보느라 옆을 바삐 지나쳐가는 행인들조차 의식하지 못한 채 전자기기에 홀린 듯 정신을 못 차리고 몰두하거나, 그를 향해 걸어오다 겨우 방향을 틀어서 비켜가는 사람들이 있게 마련이다. 하지만 지금은 그럴 수가 없다. 모든 디지털 중독자의 전화기는 먹통이 되었고 모든 것이 꺼지고 꺼지고 꺼졌다.

그는 집으로 돌아갈 시간이라고, 군중 속을 뚫고 가야 한다고 혼잣말을 한다. 추위에 몸을 웅크린 사람들, 매 순간 지나치는 천개의 얼굴들, 몸싸움을 하고 주먹을 날리는 사람들, 여기저기에서 벌어지는 작은 난동, 허공에 울

려퍼지는 욕설. 그는 준비운동으로 어깨를 풀면서 조금 더 서 있다가 아파트에 닿으면 올라가면서 계단 수를 세어보아야겠다고 생각한다. 전에도 해본 적이 있지만 수십 년도 더 지난 일이어서 새삼 궁금증이 일기 시작한다.

그러고는 흘러다니는 사람들 속으로 발걸음을 옮긴다.

다이앤은, 다시 집에서, 아니면 어디겠는가, 연달아 나오려는 작은 트림을 참으려 애쓰고 있다.

그녀가 말한다. "칠레 어딘가."

이 말에 무슨 뜻이 있는 것 같지만 그게 뭔지는 기억이 나지 않는다. 마틴을 쳐다보고, 침실에서 돌아온 다른 두 명을 본다. 남자는 하품을 하고 있고 여자는 옷을 거의 다 차려입었다. 목이 짧은 양말에 신발은 신지 않았다. 다이앤이 그 순간의 분위기에 휩쓸려 섹스에 미친 손님들에게 침실을 쓰게 해준 자신을 비웃으며 상스러운 말을 몇마디 중얼거린다.

아니면 그들은 그저 쉬다 나왔을지도 모른다. 그들은 그렇게 말했고, 그녀도 처음에는 그렇게 믿었다.

마틴이 말한다. "북중부 칠레의 세로 빠촌 산등성이."

"그게 뭔데요?" 짐이 묻는다.

"대형 시놉틱 관측망원경."

그가 계속해서 그 문제를 설명하는데 맥스가 들어와 점 퍼 지퍼를 내린다. 그들은 그가 뭔가 말하기를 기다린다. 그는 점퍼를 벗어 리모컨과 그의 버번 병과 빈 잔 옆의 바닥에 던져놓는다. 잔에 버번을 따라 마시고는 얼음을 넣지 않은 위스키의 짜릿한 자극에 고개를 가로젓는다.

거리 상황은 어때? 저 밖에 뭐가 있어? 저기 밖에 누가 있어?

그가 대답한다. "모르는 게 나을걸."

그러고는 잔을 든다.

그가 말한다. "미국산 오크 통에 십년 숙성시킨 위도우 제인이야. 내가 전에 이 말을 했던가?"

그는 술을 마신 뒤 몸을 앞으로 내밀고 왼쪽으로 숙여 테사의 발을 쳐다본다.

"신발은 어디 갔어?"

"나 없이 저희들끼리 걸어가버렸지." 그녀가 대답한다.

이제 다들 기분이 나아진다.

마틴은 아직 끝나지 않았다. 그가 말한다. "앞으로 나아가는 순간들, 흐르는 순간들. 사람들은 여전히 살아 있다고 스스로에게 계속해서 말해줘야만 해요."

짐 크립스는 자신의 숨소리에 귀를 기울인다. 그러고는 이마의 붕대를 만져서 여전히 제자리에 잘 있는지 확인해 본다.

나머지 사람 중 둘, 테사와 맥스는 거의 졸고 있다. 다이앤은 옛 제자가 한때 자신의 말에 귀 기울였듯이 이제는 자신이 그의 말에 귀 기울이기 위해 이곳에 있는 것이라는 생각이 든다.

마틴이 말한다. "이 모든 것이 끝나면 제가 자유로운 죽음을 받아들일 때가 될지도 모르죠. **프라이토트.*** 하지만 제가 이 말을 진심으로 하는 걸까요, 아니면 그저 관심을 끌어보려는 걸까요? 그리고 우리가 처한 상황 말이에요. 제가 집에, 제 방에 혼자 있어야 하지 않을까요? 상황을 따져보면 그게 이치에 맞지 않을까요? 누구로부터도, 어디에서도 아무 말도 듣지 않고. 조용히 앉아 있어야 할 때요."

그는 자신이 앉아 있다는 사실을 확인하려는 듯 의자 <u>끄트</u>머리를 만져본다.

"아니면 제가 좀 너무 잘난 척하는 걸까요?" 두 손은 뻣뻣하게 굳고 눈빛은 멍해지며 무아지경 비슷한 상태로 들어가기 시작한 그가 천천히, 그 질문을 <u>끄</u>집어낸다. 다이앤이 전에도 본 적 있는 상태인데, 그녀는 이를 형이상학적인 것으로 생각한다.

"평생 동안 저는 그게 뭔지도 모르면서 이런 것을 기다려왔어요." 그가 말한다.

---

* Freitod. 독일어로 '자살'이라는 뜻.

다이앤 루커스는 무슨 말이 튀어나올지 모르면서도 무슨 말이든 해야겠다고 마음먹는다.

"우주 속을 들여다보기. 시간 가는 것을 잊기. 잠자리에 들기. 잠자리에서 나오기. 강단에서 보낸 수개월 수년 수십년. 학생들은 보통 들어. 배경은 다 달라. 어두운색, 밝은색, 중간색 얼굴들. 유럽 전역의 광장들, 내가 걷고 보고 들었던 그곳들에서는 무슨 일이 일어나고 있을까? 머리가 아주 둔해진 기분이 들어. 너무 일찍 퇴직한 대학교수랄까. 내 학생들에게 영감이 될지도 몰라. 그중 한명이 지금 여기 내 옆에 앉아 있지. 세상의 종말을 담은 영화. 방에서 오도 가도 못하게 된 사람들. 하지만 우리는 발이 묶이지 않았어. 언제든 떠날 수 있어. 저 바깥에서 벌어지는 혼란의 어마어마한 느낌을 상상해보려 애써. 남편은 무엇을 보았는지 설명해주지 않으려 하지만 아마 거리는 난장판이겠지. 일어나 창가로 걸어가서 밖을 내다보기만 하면 되는데 왜 이렇게 망설여질까? 하지만 이런 일이 꼭 일어나야만 했을까? 우리 중 누군가는 하고 있는 생각 아니야? 우리는 이 방향으로 이끌려 왔어. 더는 놀랄 일도 아니고, 궁금할 것도 없어. 완전히 잘못된 방향 설정이었어. 너무 제한된 소스코드에서 모든 것을 다 너무 많이 끌어냈어. 그런데 내가 이런 얘기를 하는 이유가 자정이 훨씬 지났는데 아직 잠자리에 들지도 못하고 거의 먹지도 못하고 여기 나와 함께 있는 사람들이 내가 하는 말은 거의 듣지도 않고 있어서인가? 누구든 내가 틀렸다고 말해줘. 하지만 물론 아무도 말 않겠지. 다시 강단에 서고 싶고 강의실로 돌아가서 학생들에게 물리학의 원칙들에 대해 이야기하고 싶어. 이것의 물리학, 저것의 물리학. 시간의 물리학. 절대 시간. 시간의 화살. 시간과 공간. 입을 다물기 전에 『피네건의 밤샘』 중 주제에서 벗어난 한 문장을 인용할게. 내가 영원처럼 느껴질 만큼 긴 시간 동안 가끔 한번씩 군데군데 읽는 책이지. 그 문장은 마음속 적당한 자리, **보존하다**라는 단어 칸에 고이 간직되어 있어. '강철주먹이 문에 자물쇠를 채우기 전에.' 딱 한마디만 더 할게. 이번에는 나 스스로에게 하는 말이야. 닥쳐, 다이앤."

짐 크립스가 의자에 구부정하게 앉아, 긴 손을 덜렁거리면서 아래를 내려다보며 카펫에 대고 말한다.

　"그러니까 우리는 착륙 전에 간식이 나오기를 기다리며 자리에 앉아 반쯤 졸고 있었어. 그때 일이 터졌지. 비행기가 위로 급히 솟아오르더니 쿵쿵대는 큰 소음이 들렸어. 공항 근처, 활주로는 아니었던 것 같아. 쿵 쿵 쿵. 창밖을 보았지만 아무것도 보이지 않았고 그저 기장이 뭔가 안심될 말을 해주기만 기다렸지. 테사는 그때처럼 지금도 내 옆에 앉아 있어. 테사를 보지는 않았던 것 같아. 테사의 얼굴에 나타난 표정을 보고 싶지 않았거든. 비행기가 심

하게 흔들렸지. 그때 기내방송으로 목소리가 들렸어. 전혀
안심이 되지 않는 목소리였어. 그렇게 시작되는 거야. 바
로 그런 기분이라고. 우리 이전에 수만명의 승객들 모두
가 그런 경험을 하고 영원히 침묵에 빠졌겠지. 이런 일이
나에게, 그 수만명에게 일어났던 걸까, 아니면 내가 횡설
수설하면서 지어내고 있는 걸까? 십여년도 더 전의 일 같
지만 거의 바로 오늘, 불과 몇시간 전 일이었어. 기장이 프
랑스어로 안전벨트니 착륙 전 간식이니 주절대고 있었지.
망할 우리 간식 따위가 어디 있다고. 테사는 프랑스어를
할 줄 알아. 나한테 통역해주었던가? 그러진 않았던 것 같
아. 테사는 아마 나를 위해서 그랬을 거야. 그러다가 유감
이지만 불시착을 했지. 로켓이 발사되는 듯한 굉음과 함
께 하느님의 목소리 같은 충격이 느껴졌어. 머리를 창에
박았지, 창으로 냅다 내팽개쳐진 거야. 누군가가 불이야 하
고 소리쳤어, 날개에 불이 붙었더라고. 피가 눈으로 흘러
들어오는 게 느껴졌어. 테사의 손으로 손을 뻗었지. 테사
는 옆에 있었어. 그녀가 무슨 말인가를 하고 있었고 통로
건너편에서 누군가가 반쯤 숨막힌 소리로 힘겹게 고함을

지르고 있었지. 안돼 안돼 안돼. 흠, 하여간 짧은 얘기를 더 줄여서 하자면 우리는 간신히 지상에 착륙해서 한동안 덜컹거리며 미끄러졌어. 물론 모든 시스템이 완전히 작동불능이 된 이 사건에 대해서는 나중에야 알게 되었지. 나는 테사의 손목을 잡고 있었고 그녀는 내 얼굴에 흘러내린 피를 보고 있었어. 이제야 처음으로 그 일에 대해 생각해보고, 기억해보는군. 그리고 또 뭐가 있었냐 하면 밴, 병원, 쉬지 않고 얘기를 하고 또 하던 여자, 내 머리에 붕대를 감아준 야구 모자를 쓴 남자. 거리로. 조깅하는 젊은 여자."

맥스 스테너는 지루한 척하고 있었다. 그의 의자, 안락의자에 앉아 눈을 거의 감고 있었다.

"계단들. 거리의 인파 속에서 돌아왔어. 지금 여기로. 계단을 세면서. 어릴 때 많이 해본 짓이지. 열일곱계단이었어. 하지만 가끔은 숫자가 달랐어. 아니면 그렇게 느껴졌을 수도 있고. 내가 잘못 센 걸까? 세상이 줄어들거나 팽창하고 있었던 걸까? 그때는 그랬어. 지금은 사람들이 나한테 어릴 때의 내 모습은 상상도 안된다고들 하지. 그때도 내 이름이 맥스였던가? 난 소읍에서 자랐어. 그것도 남들이 상상 못할 일이지. 어머니, 형, 누나. 성난 군중도, 높은 빌딩도 없었어. 열일곱계단. 우리는 누군가의 이층집 2층에 세 들어 살았어. 차고 옆으로 아홉계단이 있고, 우리 집까지 여덟계단이 더 있었지. 맥스라는 이름의 아이. 그리고 갑자기 여기 나, 아버지이자 화려한 고층 빌딩에서 지하실, 계단, 옥상을 둘러보고 건축법규를 위반한 부분을 찾아내는 일을 직업으로 삼은 남자가 있어. 난 위반을 아주 좋아해. 내가 모든 것에 대해 느끼는 감정을 전부 다 정당화해주거든. 지금 여기, 이 중대한 때에 사람들을 피하거나 밀치며 이 거리로 이 건물로 돌아와 우리 집 열쇠를 찾아서 대문을 열었지. 엘리베이터가 작동하지 않는다는 것을 새삼 떠올릴 필요도 없었어. 말할 필요조차 없지. 한계단 한계단을 내려다보며 한층씩 천천히 오르기 시작했어. 언제부터인가 내가 난간을 잡고 있다는 것을 깨닫고 그러지 않기로 마음먹고서 그저 한계단씩, 한층씩, 세면서 올라왔어. 그러니까 어린 시절에 하던 대로 다시 하고 있었지만 머릿속에는 거의 아무 생각도 없었다 이 말이야. 오직 계단과 숫자뿐, 3층, 4층, 5층, 위로 위로 위로, 그러다가 드디어 복도 문으로 들어와 호주머니

속 콧물로 얼룩지고 구겨진 손수건 밑에서 집 열쇠를 꺼
낸 거야. 그래서 내가 여기 있는 거지. 8층까지 걸어 올라
온 일을 이렇게 길고 지겹게 설명해서 미안하다고 사과까
지는 안해도 될 것 같군. 지금 상황을 보아하니 우리 머리
에 떠오르는 것을 제외하고는 달리 할 얘기도 없고, 어쨌
든 우리 중 누구도 기억하지 못하게 될 테니까."

테사 베런스는 마치 색, 자신의 피부색을 확인하려는 듯이 손등을 유심히 살피면서 왜 세상의 다른 어딘가가 아니라 여기에서, 프랑스어 아니면 프랑스어에서 파생된 아이띠 방언으로 말하고 있을까 궁금해한다.

"몇년 전, 오래전부터 작은 공책에 글을 써왔어. 아이디어, 기억, 단어 들을 계속 써나가다보니 이제는 수납장이며 책상서랍이며 여기저기에 공책들이 꽤 많이 쌓였지. 가끔씩 옛날 공책을 다시 찾아서 읽어보면 내가 생각했던 것을 적어두기를 잘했다 싶어서 놀라워. 단어들은 나를 죽은 시간 속으로 다시 데려가줘. 재킷 주머니에 쏙 들어가는, 아마 가로 8센티 세로 10센티쯤의 작은 파란색 공책들. 집에 아직 채워야 할 공책 수십권이 손도 대지 않은 채로 쌓여 있어. 여행 갈 때면 두세권씩 가지고 가서 보고 듣고 페이지에 뭔가를 휘갈기지. 그게 내 일기야. 나 말고 다른 사람한테는 아무 의미도 없어. 이내 줄을 그어 지워버릴 시 한 행일 수도 있고. 슈퍼마켓 진열대의 상품이거나 포장 디자인, 제품 이름일 수도 있어. 공책을 꺼내고, 볼펜을 꺼내고, 기타 등등. 하지만 지금은 그저 집에 가고 싶을 뿐이야. 짐이랑 둘이서. 해가 떠 있을 때 걸어가야 한다면, 그래, 좋아. 그런데 해가 빛나기는 할까? 하늘에 해가 과연 뜨기나 할까? 이 중 하나라도 무슨 의미인지 아는 사람이 있기나 해? 우리의 평범한 경험이 그냥 정지해버린 거야? 자연 자체가 일탈하는 것을 목격하는 중인가? 가상현실 같은 건가? 이런 생각들이 드는 걸 보니 이제 그만 입을 다물 때가 된 것 같아, 테사. 말하다보니 자기비판이 아니라 자만의 문제인 것 같아. 난 글을 쓰고, 생각하고, 충고하고, 허공을 바라봐. 이런 때에 우리 중 누군가가 죽 해온 대로 철학적인 표현으로 생각하고 말해도 괜찮은 걸까? 아니면 모두 현실적이 되어야 할까? 음식, 대피소, 친구들, 할 수 있다면 변기 물 내리기? 가장 단순한 육체적인 것들을 챙겨야 해. 만지고, 느끼고, 물어뜯고, 씹고. 몸은 그 나름의 마음을 가지고 있어."

마틴 데커가 일어났다 앉는다. 다시 한번 일어나 초점 잃은 시선으로 말한다.

"멈출 때예요. 그렇지 않나요? 하지만 계속 이름을 보고 있어요. 아인슈타인. 거리에서 폭동을 일으키는 건 아인슈타인의 상대성이론이에요. 아니면 밤이 늦었는데 잠도 자지 못하고 거의 먹지도 못하고 저와 함께 있는 사람들은 제 말을 들어주지도 않기 때문에 다 제가 상상하는 것이든가. 아인슈타인은 제가 3차대전이라고 부른 우리의 현재 상황을 넘어서 그 이상까지 말했어요. 아인슈타인은 이 전쟁이 어떤 식으로 치러질지에 대해서는 감도 잡지 못했지만, 그다음의 큰 분쟁이 될 4차대전에서는 몽둥이와 돌로 싸우게 될 거라고 분명히 말했어요. 그리고 지금부터 백십년 전인 1912년, 특수상대성이론이 나왔죠. 워터마크가 없는 종이에 갈색 잉크로 쓴 원고였어요. 그다음에는 종이 질이 좋아지고 잉크는 검은색이 되었죠. 좋건 나쁘건 더 나쁘건, 제가 늘 하는 생각이 이거예요. 또 뭐가 있을까? 면도를 해야 해요. 그거죠. 거울을 보고 면도할 때가 되었다고 스스로에게 상기시켜줘야 해요. 하지만 제가 이 거실을 나가 화장실로 들어가면 다시 돌아올까요? 거울 속 얼굴. 정밀 감시. 테크돔.* 2단계 인증. 게이트웨이 추적. 저도 어쩔 수 없어요. 그런 용어들이 저를 에워싸고 있어요. 가끔은 선사시대의 맥락에서 생각해보려고 해요. 판석에 새긴 그림, 동굴벽화. 우리 인간의 길고 긴 기억의 그 모든 흐릿한 조각들요. 그리고 아인슈타인이 있죠. 흥분시키는 언어. 독일어, 영어. '에너지에 대한 질량의 의존.' 아인슈타인과 함께 프린스턴 교정을 가로질러 걸어

* tech-dome. '기술로 둘러싸인 세계'라는 뜻.

보고 싶어요. 아무 말도 않고, 침묵 속에서. 둘이 걷는 거죠."

그러더니 이렇게 말한다. "그리고 거리, 이 거리들도. 창가로 갈 필요도 없어요. 군중은 흩어졌어요. 거리는 텅 비었어요."

젊은 마틴이 쫙 편 손가락을 내려다보며 한 말이다.

"중요한 건 세상이고 개개인은 아무것도 아니에요. 우리 모두 그 사실을 이해하고 있을까요?"

맥스는 듣지 않고 있다. 그는 아무것도 이해하지 못한다. 깍지 낀 양손으로 뒷목을 받치고, 팔꿈치를 앞으로 쑥 내민 채 텔레비전 앞에 앉아 있을 뿐이다.

그러고는 텅 빈 화면을 응시한다.

미국의 대표적인 현대소설 작가 돈 드릴로(Don DeLillo)의 신작 『침묵』(*The Silence* 2020)은 작가가 의도하지 않았더라도 어쩔 수 없이 소설 밖 지금의 현실과 겹쳐 보인다. 슈퍼볼 경기가 열리는 일요일, 원인을 알 수 없는 디지털 네트워크의 작동 중단으로 어둠속에 빠진 맨해튼의 한 아파트를 주요 배경으로 전개되는 이야기는 예기치 않은 팬데믹의 도래로 일상을 잃어버린 현재 우리의 상황을 떠올리게 한다. 드릴로는 2018년 "텅 빈 맨해튼 거리"의 비전에서 이 작품의 집필을 시작하여 코로나바이러스가 퍼지기 몇주 전에 완성했다고 밝힌 바 있으나, 작가가 미래를 예견한 것이 아닐까 싶을 정도이다. 드릴로의 작품 세계에서 현실과 허구 사이의 이러한 기막힌 우연의 일치는 처음이 아니다. 그의 전작 『화이트 노이즈』(*White Noise* 1985)의 핵심이 되는 '유독가스 공기 중 유출 사건'은 책이 출간되기 한달 전인 1984년 12월 인도 보팔에서 일어난 유독가스 유출 사건과 놀랍도록 닮았다. 역사상 최악의 환경재앙으로 기록된 이 사고로 최소 2000명이 사망하고 20만명 이상이 부상을 입었다.

그러나 이를 전적으로 소설적 상상력에서 나온 우연의 일치로만 볼 수는 없을 것이다. 그보다는 현대사회에서 과학기술과 인간의 관계에 대한 작가의 깊은 통찰에서 비롯된 것이라고 볼 수 있다. 드릴로는 현대 작가들 가운데서도 그 누구보다 과학기술에 우리의 삶을 점점 더 많이 의존하게 되면서 인간 존재에 일어난 근본적인 변화에 깊은 관심을 가지고 문학적 탐색을 계속해온 작가이다. 『화이트 노이즈』뿐만 아니라 『제로 K』(*Zero K* 2016), 『코스모폴리스』(*Cosmopolis* 2003) 등 그의 여러 작품이 냉동인간, 신약, 정보통신기술 등 과학기술의 힘으로 생물학적 한계를 벗어나 불멸을 추구하고자 하는 인간의 욕망과 그 비극적 결과를 다루고 있다. 드릴로에게 기술은 『화이트 노이즈』의 등장인물의 입을 빌려 말했듯이 "자연에서 유리된 욕망"이다. 그 욕망이 우리를 과연 어디로 데려갈 것인가가 드릴로가 소설 속에서 우리에게 던지는 질문일 것이다.

『침묵』에서는 공기처럼 우리를 에워싸고 우리 삶과 존재를 떠받치고 있던 디지털 네트워크가 갑작스럽게 작동을 중지해버린 상황이 그려진다. 빠리 여행에서 비행기를 타고 뉴욕으로 돌아오던 짐과 테사는 비행기가 불시착하는 위기를 겪는다. 그러나 그외에는 소설 속에서 이 갑작스러운 재앙으로 인한 죽음과 파괴의 양상이 구체적으로 묘사되지는 않는다. 소설은 거리의 혼란보다는 맨해튼의 아파트에 모인 다섯 남녀에 집중하고 있다. 그들은 함께 있지만 각자 고립되어 있다. 비행기 사고를 겪고 겨우 친구인 다이앤과 맥스의 집에 도착한 짐과 테사는 사고의 충격과 피로로 기진맥진해 있지만 한밤중에 전기도 끊긴 상태에서 집으로 돌아갈 방법이 없다. 맥스는 상황을 알아보려고 이웃들과 처음으로 안면을 트고 거리를 돌아다녀보기도 하지만 속 시원한 설명은 어디에서도 들을 수 없다. 은퇴한 물리학 교수인 다이앤의 옛 제자인 마틴은 아인슈타인의 원고에서 인용한 문장들을 비롯하여 온갖 말들을 쉬지 않고 쏟아놓지만 앞뒤 맥락도, 들어주는 사람도 없다. 사실 아파트에 모인 사람들은 마틴의 이야기만이 아니라 다른 누구의 이야기도 듣지 않는다. '침묵'이라는 소설 제목이 무색하게 누군가가 끊임없이 떠들고 있지만 무의미한 독백이나 다름없는 셈이다.

늘 켜져 있던 텔레비전이 꺼져버린 상태에서, 그들의 무의미한 대화는 침묵을 메우던 TV의 백색소음을 대신한다. 다이앤은 이런 질문을 던진다. "자기 휴대폰 안에서 살아가던 사람들에게 무슨 일이 일어난 걸까?"(63면) 적어도 소설이 끝날 때까지는 아무 일도 일어나지 않는다. 아파트의 다섯 사람은 맥스를 제외하고는 상황을 살피러 밖으로 나가보기는커녕 창문 밖을 내다보지도 않는다. 마틴은 창밖을 내다볼 필요도 없다고 말한다. 그의 말이 맞을지도 모른다. 우리에게 세상을 보는 창은 TV와 휴대폰의 스크린으로 대체된 지 이미 오래고, 스크린 속 영상이 우리의 현실이 되었다. 세상을 향해 열린 우리의 유일한 창이었던 모든 스크린이 텅 비어버린 지금, 다섯 사람에게는 더는 현실을 대면할 방법이 없다. 아니, 그들이 살아온 현실 자체가 더는 존재하지 않게 되어버렸는지도 모른다.

아파트 안의 다섯 사람은 외부로부터 격리되어 있을 뿐 아니라 서로에게도 고립되어 있다. "시간 때우기. 지루하기. 인생을 살기."(20면) 테사의 말처럼 그들은 왜 이런 일이 일어났는지, 지금 다른 사람들의 상황은 어떤지, 이 상황이 앞으로 어떻게 전개될지 예측조차 못하고 그저 무의미한 수다로 시간을 때우고 있을 따름이다. 그들의 이러한 무기력하고 수동적인 모습이 코로나바이러스라는 역사상 초유의 사태에 직면하여 어찌할 바를 모르고 고립된 상태를 견디고 있는 우리의 현실과 과연 얼마나 다를까? 코로나바이러스와 『침묵』의 디지털 네트워크 붕괴는 기술로 변모된 우리의 삶에 기술이 가져온 재앙이다. 인간과 동물 각각의 고유한 영역이 뒤섞이면서 발생한 인수공통 감염병 바이러스는 전지구화된 네트워크를 타고 세계 전체로 순식간에 퍼져나가고, 스크린의 가상현실이 현실을 대체한 삶은 텅 빈 스크린 앞에서 중단된다. 새로운, 또다른 기술이 이 막다른 파국에서 구원을 제공할 수 있을까?

이 짧은 소설은 결국 결말에 이르러서도 그 어떤 해답도, 설명도, 해결의 실마리도 제공하지 않는다. 아무도 귀 기울이지 않는 독백을 마친 맥스는 이제 입을 다물고 다시 텅 빈 TV 화면을 응시할 뿐이다. 응답 없는 신탁을 기다리듯이.

송은주

침묵

초판 1쇄 발행 / 2020년 10월 20일
초판 2쇄 발행 / 2020년 12월 31일

지은이 / 돈 드릴로
옮긴이 / 송은주
펴낸이 / 강일우
책임편집 / 양재화 홍상희
조판 / 한향림
펴낸곳 / (주)창비
등록 / 1986년 8월 5일 제85호
주소 / 10881 경기도 파주시 회동길 184
전화 / 031-955-3333
팩시밀리 / 영업 031-955-3399 편집 031-955-3400
홈페이지 / www.changbi.com
전자우편 / lit@changbi.com

한국어판 ⓒ (주)창비 2020
ISBN 978-89-364-7823-0 03840